EX LIBRIS

EX LIBRIS

La cravate

MILENA MICHIKO FLAŠAR

La cravate

traduit de l'allemand (Autriche)
par Olivier Mannoni

ÉDITIONS DE L'OLIVIER

L'édition originale de cet ouvrage
a paru chez Wagenbach en 2012
sous le titre : *Ich nannte ihn Krawatte*

ISBN 978.2.8236.0136.7

[...] comme tu es écarté de ce monde,
qui est beau et qui a peut-être un sens,
comme tu es expulsé de toute perfection naturelle,
comme tu es solitaire dans ton vide,
comme tu es étranger et sourd dans ce grand silence [...]

Max Frisch, Antwort aus der Stille

Pour Kris

1

Je l'appelais Cravate.

Le nom lui plaisait. Il le faisait rire.

Des bandes rouges et grises sur sa poitrine. C'est ainsi que je veux le garder dans mon souvenir.

2

Sept semaines se sont écoulées depuis que je l'ai vu pour la dernière fois. Au cours de ces sept semaines l'herbe a séché et jauni. Les cigales chantent dans les arbres. Le gravier crisse sous mes pieds. À la lumière intense du soleil de midi, le parc semble étrangement dépeuplé. Des fleurs éclatent aux branches lasses qui se penchent vers le sol. Un mouchoir bleu pâle dans le fourré, pas le moindre souffle de vent pour l'agiter. L'air est lourd et pèse sur la terre. Je suis dans un étau. Je prends congé d'une personne qui ne reviendra plus. Je le sais depuis hier. Il ne reviendra plus. Au-dessus de moi s'étend un ciel qui l'a absorbé – pour toujours ?

Je ne peux pas croire encore que nos adieux soient définitifs.

Dans l'idée que je m'en fais il pourrait surgir à n'importe quel moment, peut-être sous une autre identité, peut-être avec un autre visage, et me lancer un regard qui dirait : Je suis là. Tête vers le nord, suivre les nuages d'un sourire. Il pourrait. Voilà pourquoi je suis assis ici.

3

C'est sur notre banc que je suis assis. Avant de devenir le nôtre, il avait été le mien.

C'est ici que je vins m'assurer que la fissure dans le mur, cette craquelure fine comme un cheveu, en biais au-dessus des étagères, valait à l'intérieur comme à l'extérieur. J'avais passé deux années entières à la regarder fixement. Deux années entières dans ma chambre, dans la maison de mes parents. J'avais redessiné sa ligne brisée derrière mes paupières closes. Elle avait été dans ma tête, s'y était prolongée, m'était entrée dans le cœur et dans les veines. Moi-même, un trait exsangue. Ma peau cadavérique, faute de soleil pour l'éclairer. Parfois je pensais avec nostalgie à ses rayons, à leur contact. J'imaginais comment ce serait de sortir et de comprendre enfin : il est des espaces que l'on ne quitte jamais.

Par une froide matinée de février je cédai à ce désir empreint de nostalgie. Par la fente des rideaux je distinguai un vol de corneilles. Elles montaient et descendaient, sur leurs ailes le soleil, il m'aveuglait. Une douleur perçante dans les yeux, je remontai les murs de ma chambre à tâtons jusqu'à la porte, je l'ouvris d'un coup, je passai mon manteau et mes chaussures, trop petites d'une pointure, je sortis dans la rue et je continuai en longeant les rues et les places. En dépit du froid la sueur me coulait sur le front et j'en ressentais une singulière satisfaction : j'en suis encore capable. Je suis capable de poser un pied devant l'autre. Je ne l'ai pas désappris. Tous mes efforts pour le désapprendre ont été vains.

Je ne tentai pas de me faire des illusions. Hier comme aujourd'hui, mon but était d'être seul avec moi-même. Je ne voulais rencontrer personne. Rencontrer quelqu'un, c'est s'impliquer. On noue un fil invisible. D'humain à humain. Une foule de fils. Dans tous les sens. Rencontrer quelqu'un, c'est devenir une partie de son tissu, et c'est cela qu'il fallait éviter.

4

Quand ma première sortie en liberté. Car c'est ainsi que doit se sentir le prisonnier qui porte sa cellule avec lui à la ronde, le regard grillagé, sachant pertinemment qu'il n'est pas libre. Bref, quand ma première sortie en liberté me revient à l'esprit, il me semble que moi, personnage d'un film en noir et blanc, j'ai évolué dans un décor bigarré. Tout autour de moi criaient les couleurs. Taxis jaunes, boîtes aux lettres rouges, panneaux publicitaires bleus. Leur vacarme m'assourdissait.

Le col remonté sur le cou je tournais aux coins des rues en prenant garde de ne trébucher sur les pieds de personne. Je frissonnais d'effroi à l'idée que la jambe de mon pantalon pourrait, en passant, effleurer le pan du manteau d'un autre. Je serrais les bras contre les flancs et courais, courais, courais, sans tourner les yeux ni à droite ni à gauche. L'idée la plus effroyable était celle de deux regards qui s'accrochent l'un à l'autre en un instant fortuit. Qui s'attardent l'un dans l'autre quelques secondes durant. Ne se détachent pas l'un de l'autre. Une telle nausée. Dont j'étais le vase. Rempli à ras bord. Plus je courais, plus je sentais le poids de mon corps. Être un corps exhalant sa vapeur parmi beaucoup d'autres. Quelqu'un me bouscula. Je ne pouvais garder ça en moi plus longtemps. Une main devant la bouche, je courus dans le parc et vomis.

5

Je connaissais le parc, et je connaissais aussi le banc près du cèdre. Lointaine enfance. Maman me ferait signe de la rejoindre, me hisserait sur ses genoux et m'expliquerait le monde en pointant l'index. Regarde, un moineau ! Elle ferait cui-cui. Son souffle sur ma joue. Une chatouille dans le cou. Les cheveux de ma mère doucement balayés par le vent. Quand on est petit, si petit que l'on croit que cela restera éternellement ainsi, le monde est un lieu aimable. Ce fut ma pensée lorsque je le reconnus. Le banc de mon enfance. Ce banc sur lequel je devais apprendre que rien ne reste tel que c'est, et que cela vaut tout de même la peine d'être au monde. Je continue de l'apprendre.

Lui dirait : C'était une décision.

Et de fait, je me suis décidé à marcher sur la pelouse, en direction du banc, et à m'immobiliser devant lui. J'étais seul, entouré de silence. Personne pour me surprendre à tourner autour du banc, une fois puis une autre, décrivant des cercles de plus en plus étroits. Le goût dans ma bouche lorsque je m'assis enfin. Le souhait de redevenir enfant. De regarder de nouveau avec des yeux qui s'étonnent. Je pense que ce sont mes yeux qui, en tout premier lieu, sont tombés malades. Mon cœur n'a fait que leur succéder. Et j'étais assis, comme cela, dans des habits bien trop fins. Plus fine encore, la peau sous laquelle je frissonnais.

6

Ensuite, chaque matin, quelque chose m'a poussé jusqu'ici. Je regardais la neige tomber, je regardais la neige fondre de nouveau. Caniveau glougloutant. Avec le printemps sont arrivés les gens et leurs voix. J'étais assis, les dents serrées. Un nœud dans la gorge. C'était cela, la fissure dans le mur. Elle me séparait de ceux qui étaient pris dans le tissu. Devant moi un couple d'amoureux se baladait en chuchotant. Les mots secrets qui se frayèrent un chemin jusqu'à moi avaient une tonalité étrangère, comme les mots d'une langue que je ne maîtrisais pas. Je suis heureux, entendis-je, indiciblement heureux. Un claquement de langue collant. Je déglutis pour faire descendre le nœud.

Quelqu'un me remarqua-t-il, j'en doute, et si ce fut le cas, c'était probablement de la manière dont on remarque un fantôme. On le voit, clair et distinct, on n'arrive pas à croire qu'on l'a vu, on le fait disparaître d'un clignement d'œil. J'étais un fantôme de ce genre-là. Même mes parents n'avaient presque plus conscience de ma présence. Lorsque je les croisais à la maison, dans l'entrée ou dans le couloir, ils susurraient, incrédules, un Tiens, c'est toi. Ils avaient renoncé depuis longtemps à me compter parmi eux. Nous avons perdu notre fils. Il est mort avant l'heure. C'est forcément ce qu'ils ont ressenti. Comme une perte vivante. Peu à peu, cependant, ils s'en étaient accommodés. La tristesse qu'ils avaient pu ressentir, au début, à mon propos, avait laissé place à l'idée qu'il n'était pas dans leur pouvoir de me reconquérir, et si singulière qu'ait pu être la situation à leurs yeux, même dans le singulier un certain ordre n'avait pas tardé à s'installer. On vit les uns à côté des autres, sous le même toit, et tant que rien n'en filtre à l'extérieur, on considère qu'il est tout simplement normal de vivre ainsi, sous le même toit.

7

Je comprends aujourd'hui qu'il est impossible de ne pas rencontrer quelqu'un. Dès lors qu'on est là et qu'on respire, on rencontre le monde entier. Le fil invisible vous a lié à l'autre depuis l'instant de votre naissance. Pour le couper, il faut plus qu'une simple mort, et rien ne sert d'y être opposé.

Lorsqu'il fit son apparition, je ne me doutais de rien.

Je dis : fit son apparition. Car ce fut ainsi. Il avait fait son apparition un matin, au mois de mai. J'étais assis sur mon banc, le col relevé. Un pigeon prit son envol. Son battement d'ailes me donna le vertige. Lorsque je fermai les yeux et les rouvris, il était là.

Un *salaryman*. Au milieu de la cinquantaine. Il portait un costume gris, une chemise blanche, une cravate rayée rouge et gris. Il balançait à la main droite une serviette, en cuir brun. Il marchait en la balançant, les épaules penchées vers l'avant, le visage tourné dans une autre direction. Fatigué, d'une certaine manière. Sans me regarder, il s'assit sur le banc d'en face. Croisa une jambe au-dessus de l'autre. Resta ainsi. Immobile. Le visage tendu dans sa volonté de regarder ailleurs. Il attendait quelque chose. Quelque chose allait se passer. Tout de suite, tout de suite. Peu à peu, seulement, ses muscles se détendirent et il s'adossa au banc en soupirant. Ce soupir-là, chez lui, exprimait quelque chose qui ne s'était pas produit.

Un regard fugitif à sa montre, puis il a allumé une cigarette. La fumée s'est élevée dans une suite de ronds. Ce fut le début de notre relation. Une odeur âcre à mes narines. Le vent soufflait la fumée dans ma direction. Avant même que nous ayons échangé nos noms, c'est ce vent qui nous fit faire connaissance.

8

Était-ce son soupir ? Ou la manière dont il faisait tomber la cendre, d'une pichenette ? Absent, absent à lui-même. Je n'avais pas peur de le regarder, tel qu'il était assis en face de moi.

Je le regardais comme un objet familier, une brosse à dents, un gant de toilette, un morceau de savon que l'on voit tout à coup comme pour la première fois, totalement détaché de son utilisation habituelle. Il est possible que ce soit ce côté familier qui m'ait inspiré un intérêt particulier. Cette silhouette bien repassée était celle de mille autres employés qui, bon an, mal an, remplissent les rues. Ils s'écoulent du ventre de la ville et disparaissent dans de hauts bâtiments dont les fenêtres offrent un ciel fracturé en morceaux. Ils forment la moyenne, typiques par leur capacité à ne pas se faire remarquer, des visages rasés de banlieue, semblables à s'y méprendre. Lui, par exemple, aurait pu être mon père. N'importe quel père. Et pourtant il était ici. Comme moi.

Il soupira une fois de plus. Plus doucement cette fois. Quand on soupire ainsi, me dis-je, ce n'est pas seulement de la fatigue. Je le sentis plus que je ne le pensai. Je sentis, voilà un homme fatigué de la vie. Sa cravate lui nouait la gorge. Il la desserra, regarda de nouveau sa montre. Il allait être midi. Il déballa son bento. Du riz avec du saumon et des légumes marinés.

9

Il mangea lentement, mâcha dix fois chaque bouchée. Il avait le temps. Il avala le thé glacé à petites gorgées. À ce moment-là aussi, je le regardai faire. Presque déjà sans étonnement sur moi-même. Car à l'époque je supportais à peine de regarder quelqu'un manger et boire. Mais lui se livrait à ces activités avec tant de précautions que j'en oubliai ma nausée. Ou bien, comment décrire cela : il le faisait dans la plus complète conscience de ce qu'il faisait, et cela transformait des gestes aussi quotidiens en actes significatifs. Il ingérait chaque grain de riz, il s'en faisait une sorte d'offrande, un sourire reconnaissant aux lèvres.

Avec n'importe qui d'autre, j'aurais fait les cent pas, j'aurais pris le mouvement de meule de la mâchoire pour une menace, le serrement des dents pour un danger. Je trouvais monstrueuse la manière dont les grains entraient l'un après l'autre dans la bouche avant de glisser vers le bas et les intestins. Moi-même, j'engloutissais sans réfléchir. La contrainte intérieure qui me poussait à me préserver, à me préserver malgré tout, était pour moi une énigme que je m'abstenais soigneusement de tenter de résoudre. Mieux valait ne pas y penser.

Dès qu'il avait fini son repas, il redevenait un *salaryman* ordinaire. Il ouvrait son journal, d'abord la page des sports. Les Giants, annonçait-on en caractères gras, avaient remporté une victoire triomphale. Il hochait la tête d'un air approbateur tout en remontant les lignes avec le doigt. Une alliance. Il était donc marié. Un fan des Giants, marié. Il alluma de nouveau une cigarette. Ensuite une autre, et encore une, la fumée l'enveloppait.

10

Sa présence avait rendu le parc plus petit. Il n'était plus composé désormais que de deux bancs, le sien et le mien, les quelques pas qui nous séparaient. Quand allait-il se lever et partir ? Le soleil était passé du sud à l'ouest. L'air fraîchissait. Il croisa les bras. Le journal était posé, ouvert, sur ses genoux. Une nuée d'écoliers turbulents arriva en trébuchant sur la pelouse. Deux femmes d'un certain âge discutaient de leurs maladies. La vie est comme ça, dit l'une, on est mis au monde pour mourir. Il s'était endormi. La tête lourde. Le journal voltigea vers le sol, comme deux ailes battantes. La fin peut arriver à n'importe quel moment, entendis-je, parfois je ne ressens strictement plus rien là-dedans.

Son visage se décomposa pendant qu'il dormait. Des mèches argentées sur le front, sous les paupières un rêve en chassait un autre. Sa cuisse tressaillait. Je ressentis quelque chose d'aussi fin que le fil de salive qui pendait de sa bouche ouverte. Mais le mot pour désigner ça me manquait. Il me revient tout juste à présent. Compassion. Ou la brusque impulsion me poussant à le couvrir.

Lorsqu'il s'éveilla enfin, il paraissait plus fatigué qu'auparavant.

11

Six heures.

Il resserra sa cravate. Le parc s'emplit des bruits du soir qui approchait. Une mère cria : Viens, on rentre à la maison. Cette note de tendresse, quand elle appela à rentrer. Une traction par le nombril. Il s'éloigna les cheveux du front, bâilla, se leva. Sa serviette brune à la main droite. Attendit pendant une seconde indécise. Quoi donc ? Il partit et disparut, un dos gris, derrière l'un des arbres. Je le suivis du regard jusqu'à ce qu'il se fût totalement éclipsé, et c'est sans doute à cet instant-là, le bref instant où je le perdis des yeux, que je soupirai comme lui.

Et quand bien même. Je m'ébrouai. Je m'ébrouai pour me débarrasser de lui. Qu'avais-je à faire avec un homme que je ne reverrais de toute façon jamais plus ? La nausée revint s'emparer de moi. La manière dont je m'étais agrégé, par le regard, au destin d'un inconnu, était insupportable. Comme si cela me concernait. Empli de ce vieil écœurement, je l'évacuai, en m'ébrouant, de mes mains et de mes pieds. Je l'ai déjà dit : je ne me doutais de rien. Ce soir-là, quand je me mis au lit, le drap faisait des vagues, ce soir-là je n'avais pas la moindre idée de la raison pour laquelle, juste avant de me noyer, je vis son visage s'émietter contre le mur. Je dérivai dans l'eau de mon ingénuité. La lune l'éclairait par la fente des rideaux.

12

Je ne l'avais pas oublié lorsque je me mis en chemin vers le parc, le lendemain. Dans mes rêves, il m'était apparu alternativement comme un grain de riz, une cigarette, une batte de base-ball, une cravate. La dernière image était floue : un homme dans une pièce sans murs. À chaque pas il devenait plus pâle, je l'effaçai.

Arrivé près de mon banc, je fus soulagé de trouver le sien vide. Aucune trace de lui n'était restée là où il s'était assis. Une équipe de nettoyage était en train de vider les poubelles. Les mégots avaient été balayés et jetés dans un sac en plastique. Il n'y avait plus le moindre petit flocon de cendre pour rappeler sa présence. Le parc avait la taille qui était la sienne. À l'un des brins d'herbe qui sortaient ici et là du gravier brillait une goutte de rosée. Je me penchai vers elle, elle était chaude du soleil matinal. Lorsque je me relevai, il avait surgi sans prévenir, comme la veille.

Je le reconnus à sa démarche. Un peu oblique. Comme s'il voulait éviter quelqu'un. C'est ainsi que marchent les gens qui ont l'habitude de se frayer un chemin à travers le grouillement d'une masse humaine. Il portait le même costume, la même chemise, la même cravate. La serviette, se balançant. Une répétition. Il s'assit, croisa les jambes, attendit, s'adossa. Soupira. Le même soupir. Souffla la fumée en ronds par le nez et la bouche. Il était vain désormais de vouloir l'effacer de ma mémoire. Il était là, il avait pris place en moi, était devenu une personne dont je pouvais dire : Je la reconnais.

13

Il avait sur lui un morceau de pain. Il le déballa précautionneusement, le rompit en moitiés de plus en plus petites, en fit de petites billes et les sema devant les pigeons qui roucoulaient. Pour vous, l'entendis-je murmurer. Et lorsqu'il eut terminé : Pschitt, pschitt. Des plumes blanches tombèrent vers lui en tourbillonnant. L'une d'elles avait atterri sur sa tête. Prise dans ses cheveux coiffés en arrière, elle lui donnait un air un peu enjoué. S'il avait été en tee-shirt et culottes courtes, on aurait pu le prendre pour un enfant. Même l'ennui dans lequel il sombra peu après était celui d'un petit garçon. Il se déplaça d'un côté et de l'autre, agité. Il enfonça les talons dans le sol. Gonfla les joues. Laissa l'air s'échapper lentement.

Je pensai malgré moi à l'éternité visqueuse d'une journée qui venait de commencer et allait s'étendre à l'infini. La certitude qu'elle finirait par s'écouler n'était rien par rapport à la mélancolie fade avec laquelle elle s'écoulait, et mélancolie, continuai-je de me dire, était le mot qui nous était inscrit à tous deux sur le front. Il nous reliait. Nous nous rencontrions en lui.

Dans le parc, il était le seul *salaryman*. Dans le parc j'étais le seul *hikikomori*. Quelque chose clochait en nous. Lui aurait dû être dans son bureau, dans l'un des grands immeubles ; et moi j'aurais dû être dans ma chambre, assis entre mes quatre murs. Nous n'aurions pas dû nous trouver ici, ou du moins pas faire comme si c'était notre place. Dans le ciel au-dessus de nous une traînée blanche. Nous n'aurions pas dû lever les yeux vers ce ciel bleu, bleu. Je gonflai les joues. Laissai l'air s'échapper lentement.

14

À midi d'autres comme lui arrivèrent. Ils arrivèrent par petits groupes, s'assirent, la cravate rejetée derrière l'épaule, sur des bancs situés plus loin, à l'écart, et restèrent assis, chacun avec son bento, bavardant joyeusement les uns avec les autres. Enfin la pause, dit l'un d'eux en riant, enfin étendre les jambes. Son rire se prolongea dans celui des autres.

Pourquoi n'était-il pas auprès d'eux ? Je fis des suppositions. Peut-être n'était-ce qu'un voyageur en transit qui avait manqué sa correspondance. Qui devait attendre jusqu'à ce que. Ou bien il était seulement, simplement. Je ne parvenais pas à me l'expliquer.

Son bento, c'était cette fois des boulettes de riz, une *tempura,* une salade aux algues. Il sépara les baguettes, s'arrêta, s'essuya, un geste à la sauvette, les yeux avec le dos de la main. Sa mâchoire tendue, je le voyais, elle tremblait. Honteux, je m'aperçus qu'il pleurait. C'était un pleur noué, et j'en étais le seul témoin. Cette honte perdura : qui pleure donc en plein jour ? Qui se met à nu à ce point ? Et pas seulement vis-à-vis de soi-même, mais pour moi aussi, qui l'observe ! Il ne devrait pas pleurer, pas devant moi. Il devrait fermer la porte derrière lui. Il devrait le savoir. Que pleurer est une affaire privée. Je frissonnais comme au souvenir d'un corps broyé sur l'asphalte. Épouvantable. Rester immobile à côté, consterné jusqu'à l'idiotie. La main blanche, curieusement tordue, me désignait. Moi, parmi tous ceux qui l'entouraient. Je voulais être aveugle. Le gyrophare de l'ambulance me criait dessus. Plus jamais, je me l'étais juré, je ne voulais avoir part à la souffrance d'un autre. Il devrait le savoir. Que pleurer et agoniser sont des affaires privées.

15

Un toussotement. Il s'était repris. Le menton toujours tremblant, mais droit, de nouveau, et sans cligner des yeux. Une cigarette entre les lèvres, il passa derrière les buissons. Le glissement discret d'une fermeture éclair. Le craquement des branches. J'en avais trop vu. Avant même qu'il soit revenu, j'étais sur mes jambes et j'avais fichu le camp. Sortir du parc, franchir le carrefour, passer devant l'épicerie des Fujimoto. À la maison. Dans ma chambre. La serrure qui s'enclenche. J'étais en sécurité. Le scintillement de la poussière dans la lumière, je tirai les rideaux.

Le lendemain matin je dormis plus longtemps que d'habitude. Je n'entendis pas la sonnerie du réveil dans la pièce d'à côté, restai allongé, me rendormis. Rêvai d'un fil invisible qui m'ôtait l'air que je respirais. Je finis par me réveiller en haletant. Il ne s'était rien passé. Chargé de cette phrase, rien ne s'était passé, et de ses consécutives, rien ne se passe, rien ne se passera jamais, je me mis en chemin.

Lorsque j'entrai dans le parc, il était assis recroquevillé sur son journal. À côté de lui la boîte à bento vide. Il ronflait. Les Giants et le mystère de leur succès, lus-je sur ses genoux au moment où je passai devant lui. Il avait dénoué la cravate. Elle pendait négligemment autour de son cou. Des poils frisés sur la nuque. J'abandonnai. Et cela aussi était une décision. Abandonner et lui donner un nom, à lui qui ronflait là. On en était arrivé au point où je lui donnai un nom. Pas Honda. Pas Yamada. Pas Kawaguchi. Je l'appelai simplement Cravate. Le nom lui allait bien. Gris et rouge.

16

Cravate, donc.

C'est la cravate qui vous porte, pas l'inverse. Plus tard ce fut une plaisanterie entre nous. La cravate vous porte. Sur quoi il souriait, puis riait, éclatait d'un rire mugissant. Tu as raison. C'est une erreur de croire que je suis celui qui la porte. Je ne porte rien, rien du tout. Sur quoi il s'interrompait brusquement, puis se taisait, ne faisait plus que se taire. Si j'avais prévu ce silence, je lui aurais donné un autre nom. Mais pour son rire, le rire qui précédait son silence, cela valait sans doute la peine de l'appeler comme ça. Ses rires ont été bien trop rares.

Ce nom me donnait des obligations à son égard. De la même manière qu'auparavant une vague sympathie, je me mis à ressentir une vague responsabilité. Être auprès de lui, ne pas le laisser seul. Grotesque, d'éprouver un sentiment de responsabilité envers une personne dont on ne peut plus seulement dire : Je la reconnais. Mais au contraire : Je la connais. Je sais comment il respire quand il dort. Lui avoir donné ce nom m'impliquait. Je ne me sentais plus libre de me lever simplement et de partir. Qu'un nom détienne un tel pouvoir.

17

Un demi-mois s'écoula. Il apparaissait chaque lundi, à neuf heures précises, chaque mardi, mercredi, jeudi et vendredi. Il n'était absent que le week-end. Alors, il me manquait. Je m'étais tellement habitué à sa présence que le parc, en son absence, et ma propre présence dans son enceinte me paraissaient en quelque sorte absurdes. Sans lui, qui me posait des questions, j'étais un point d'interrogation dénué de fonction. Se tenant là sur une feuille de papier blanc à questionner le vide.

Une fois, en juin, c'était un vendredi nuageux, il était tout juste en train de piquer du nez lorsque la bruine se mit à tomber. Il s'arracha d'un sursaut au sommeil, se mit le journal plié sur la tête tandis que moi, détenu en permission, je dépliai mon parapluie, rentrai les jambes, m'accroupis entièrement sous ce toit protecteur. D'abord il y eut quelques gouttes, qui devinrent bientôt des cordons. Il tendit les mains dans la pluie, laissa tomber le journal, ferma les yeux. Je vis l'eau s'accumuler dans ses mains. Il les avait jointes pour qu'elles forment une coupe. Flic, flac, elle l'éclaboussait. J'étais surpris. Aucun *salaryman* ne s'expose de bon cœur à la pluie. Tout autour le parc était flou, délavé. Partout des gens qui fuyaient. Aucune personne en bonne santé ne s'expose volontiers à la pluie. Lui, totalement livré à elle, déjà trempé jusqu'aux os, il semblait ne pas connaître de plus grand bonheur que d'être ainsi trempé. J'observai, fasciné, son visage heureux. Il ouvrit les yeux. Me regarda, à l'improviste, à travers la pluie. Je bondis sur mes jambes. Je ne m'étais pas attendu à cela. À ce regard subit qui savait ma présence. Je ne suis pas seul, y lisait-on, tu es là. Puis il ferma de nouveau les yeux.

18

J'étais tombé de mon imperceptibilité, tombé de ma boîte. Mais, dit comme cela, ce n'est pas vrai. Son regard et la lueur de reconnaissance qu'il m'avait adressée avaient simplement un peu éclairé l'espace autour de moi. Le matin il hochait la tête dans ma direction. Je hochais la mienne en retour. Le soir il levait la main quand il s'en allait. Je levais la mienne. Un accord muet. Tu es là. Je suis là. Nous avons tous les deux le droit d'être juste là.

Une seule chose s'était modifiée entre nous. Je le pressentais. Qu'à présent, puisqu'il m'avait remarqué, j'étais devenu une image en lui. Il avait désormais une idée de moi, et son salut quotidien allait à l'image qu'il s'était faite de ma personne. Il la regardait. Tranquillement. Son observation n'était pas importune. J'étais admis dans ses souvenirs. Il se rappelait une journée au bord de la mer, le sable fin, l'herbe revêche des dunes, il se rappelait la barbe de son père, les germes de poils durs au menton, une lumière particulière qui tombait un matin à la fin de l'hiver sur le dos de sa femme, un sourire dans la vitrine, fortuit, la fourrure chaude d'un chat qui se blottissait contre lui. Il avait mille souvenirs, mille tableaux, et maintenant qu'il m'avait remarqué, j'étais l'un d'eux.

Je laissais faire. Je lui offrais mon profil, cessais de bouger pour qu'il puisse s'en imprégner. Je regardais moi aussi dans sa direction. M'imprégnais un peu plus de lui. Ainsi notre relation minimale devint-elle une amitié minimale.

19

À ce moment-là, s'adresser la parole aurait encore été une transgression. C'était une frontière, le chemin gravillonné. Ici mon banc, là-bas le sien. Entre les deux, des brins d'herbe, un ballon qui roulait, un enfant qui dévalait derrière.

Pendant deux ans je m'étais exercé à désapprendre la parole. Admettons-le, je n'y étais pas parvenu. La langue que j'avais apprise m'avait marqué de son sceau, et même quand je me taisais, mon silence était éloquent. Je disais des monologues intérieurs, je parlais sans arrêt dans l'absence de parole. Le son de ma voix, toutefois, s'était distancié en moi. La nuit, il m'arrivait de sortir d'un cauchemar, trempé de sueur, juste pour trouver ce son prolongé dans le Aaah rauque qui s'échappait de mon ventre, de mes poumons, de ma gorge. Qui est en train de crier, me demandais-je, et je me rendormais. Je me promenais à travers un paysage dans lequel chaque son résonnait à l'instant de sa genèse. La dernière phrase que j'avais prononcée avait été : Je ne peux plus. Point. Un point vibrant. Ensuite, quelque chose s'était refermé. L'effort que coûterait le fait de reprendre la parole là où je l'avais interrompue s'opposait à l'absurdité qu'il y avait à saisir par des mots ce qui ne se laissait pas exprimer.

Ma chambre ressemblait toujours à une tanière. C'est ici que j'avais grandi. Ici que j'avais, au sens le plus strict du terme, perdu mon innocence. Je veux dire que devenir grand représente une perte. On croit gagner quelque chose. En vérité, on se perd. Je portais le deuil de l'enfant que j'avais été jadis et que j'entendais, en de rares instants, cogner sauvagement dans mon cœur. À treize ans, c'était devenu trop tard, trop tard. À quatorze ans. À quinze ans. La puberté, un combat au terme duquel je m'étais perdu. Je haïssais mon visage dans le miroir, ce qui était en train d'éclore, de bourgeonner en lui. Les cicatrices que je porte à la main viennent toutes de la tentative de réparer cela. D'innombrables miroirs, brisés. Je ne voulais pas être un homme qui croit gagner. Je ne voulais pas grandir dans un costume. Ne pas être un père qui dit à son fils : On doit fonctionner. La voix de mon père. Mécanique. Lui fonctionnait. Quand je le regardais, je voyais un avenir dans lequel je perdrais la vie lentement, trop lentement. Rien ne fonctionne, avais-je répliqué. Et puis : Je ne peux plus. Cette dernière phrase était ma devise. La devise qui devint mon exergue.

20

Et c'est sous cet exergue-là que j'étais assis sur mon banc lorsqu'il surgit de nouveau, d'un seul coup, à neuf heures précises. C'était un jeudi, je m'en souviens : il vint, courbé comme sous une lourde charge. Je m'imaginais qu'il avait vieilli du jour au lendemain. Les plis à son cou lorsqu'il me salua d'un mouvement de tête. Tiens, tu es là. Je répondis de la même manière. Et plus encore que cela : d'un mouvement de tête je lançai une invitation. À moi-même incompréhensible, je hochai la tête dans la direction de cet homme vieilli, et je continuai de le faire lorsqu'il vint vers moi, hésitant, franchit la frontière et m'offrit une cigarette.

Ōhara Tetsu. Il s'inclina légèrement. *Hajimemashite*, heureux de faire ta connaissance. Tu ne fumes pas ? C'est bien. Mieux vaut ne pas commencer du tout. C'est une dépendance. Tu vois, moi, j'en ai besoin. Il s'assit à côté de moi, sa serviette entre nous. Le déclic du briquet, il tira une bouffée. L'une de ces choses que je ne peux pas arrêter, dit-il. Je hochai de nouveau la tête. J'ai tout essayé. En vain. Je ne m'en sors pas. Je manque de volonté. Tu connais sûrement ça. La voix chargée, il toussota. Dans l'entreprise, dit-il, tout le monde fume. C'est le stress qui ne s'arrête jamais. Dans l'entreprise. Il se courba, écrasa la cigarette. Nous passâmes le reste de la matinée sans mot dire sur notre banc. D'un hochement de tête, il était devenu le nôtre.

De temps en temps quelqu'un passait. Une mère qui poussait un landau. Un homme qui boitait. Un petit groupe d'élèves qui séchaient les cours, en uniforme froissé. La Terre tournait. Des oiseaux s'envolant. Un papillon qui, pour quelques secondes, se posa sur le banc d'en face. Assis l'un à côté de l'autre, nous le suivîmes des yeux lorsqu'il partit en planant. Discrète intuition du fait que désormais il n'y aurait plus de retour en arrière.

21

De Kyōko, dit-il, à midi, lorsqu'il déballa son bento. Du poulet frit *karaage* et une salade de pommes de terre. De ma femme. C'est une admirable cuisinière. Tu en veux ? Non ? Il sourit, embarrassé. Il faut que tu saches que chaque matin elle se lève à six heures pour préparer mon bento. Depuis trente-trois ans. Chaque matin à six heures. Et le plus beau de tout : c'est bon ! Il se frotta le ventre. Presque trop bon, fit-il d'une voix saccadée, pour un homme comme moi. Mais, n'est-ce pas, j'ai de la chance ! Et sur ces mots il se tourna vers son repas.

Je vis en pensée Kyōko, sa femme, en chemise de nuit dans

la cuisine. Le grésillement de l'huile. Une tache de marinade à sa manche. Elle hache, elle mélange. Épluche. Tranche. Sale. Toute la maison est emplie des bruits que produit la nourriture hachée et mélangée. Du bruit de l'épluchage. De la coupe. Du salage. Lui se réveille. Encore ensommeillé, il se dit : J'ai de la chance. Il le pense avec une tristesse à peine supportable tant elle est immense : Je suis un sacré veinard. Il se lève. Passe à la salle de bains. Se penche au-dessus du lavabo et fait couler de l'eau froide, très froide. Garde le visage sous l'eau, les cheveux, la nuque. Ouvre encore plus le robinet. Réapparaît. Et replonge. Reste en plongée. Ferme. Reste en bas. Écoute le glougloutement dans le siphon. Ouvre. Ferme. Ouvre. Ferme. Voit l'eau se diviser en gouttes, les gouttes en gouttelettes. Une tache de dentifrice au bord du lavabo. Blanc sur blanc. Il plonge le doigt dedans et…

Kyōko ne le sait pas. Un léger soupir. Il parle comme pour lui-même : Kyōko ne sait pas que je viens ici. Je ne le lui ai pas dit. Syllabes étirées : Je ne lui ai pas dit que j'ai per-du mon tra-vail.

22

La pause, ensuite. J'étais devenu son complice : je savais. À peine prononcé, son secret avait fait de nous des alliés. C'était le poids dans mes pieds, l'impossibilité, définitive, de me lever et de partir. Il s'était confié à moi, à moi seul. Je regardais les chaussures qui me pesaient. Bosselées et racornies. Il posa les talons cinquante centimètres devant lui. Cuir noir, lustré. Les chaussures de mon père, l'idée me traversa l'esprit. A-t-il lui aussi parfois envie de se confier à quelqu'un ? Je le notai avec une certaine amertume : j'en savais moins sur mon père que sur celui dont j'avais appris le nom trois heures plus tôt. Une raison supplémentaire de rester assis à côté de lui et de hocher de nouveau la tête dans sa direction, au-dessus de sa serviette brune.

C'était bizarre. Il reprit le fil. Ce n'est pas que je n'ai pas voulu le dire à Kyōko. Non, je le voulais. Mais ensuite. Je n'en ai pas eu le cœur. Quelque chose m'a retenu. Peut-être l'habitude. De la fumée grise sortit de sa bouche. L'habitude de me lever le matin et de me laver le visage. Elle noue ma cravate. En sortant, je crie : Bonne journée. Elle crie : Toi aussi. Elle me suit des yeux et me fait signe. Au premier tournant du trajet je me retourne encore une fois dans sa direction. Sa silhouette devant la maison. Comme un drapeau au vent. Je pourrais repartir en courant. Mais voilà déjà le bus. Je monte. Il va à la gare. L'express. En direction de A. Le métro. En direction de O. D'une certaine manière, il éclata de rire, ça va. Pas moi. Il continuait de rire. Ça va.

23

Et toi ? Qu'est-ce qui t'amène ici ? Je haussai les épaules. Aucune idée ? Hum, tu es encore jeune, c'est vrai. Dix-huit ans ? Je gelais. Dix-neuf ? Vingt ? Incroyable, si jeune.

Avoir tout devant soi. Rien derrière. Il soupira. Incroyable, d'avoir soi-même été si jeune. D'avoir été là. Qu'est-ce que ça signifie ? Je veux dire, chacun n'a jamais qu'un âge. J'ai eu, j'ai, j'aurai toujours cinquante-huit ans. Mais toi. Veille bien à l'âge que tu te choisis. Ça colle à la peau. Ça se pose sur toi comme un coup de tampon. L'âge que tu te choisis, c'est comme une colle qui durcit autour de toi. D'ailleurs cette sentence-là ne vient pas de moi. Je l'ai trouvée dans un livre. Dans un film. Je ne sais plus. On note des choses. Incroyable. On note des choses toute une vie durant.

Pendant qu'il lisait le journal, je réfléchissais à ce qu'il avait dit. Mais plus j'y réfléchissais, plus le fond m'échappait, et c'était la forme qui, à sa place, me retenait captif. Le ton usé sur lequel il avait donné aux mots l'âpreté de leur goût. Que ce soit jeune ou incroyable, les deux mots, tels qu'il les avait prononcés, avaient pris une note lourde et épicée ; tels que je les avais entendus, ils n'en formaient plus qu'un seul. C'est ainsi qu'on parle, me dis-je, quand on s'est tu pendant très longtemps. Tous les mots vous sont alors égaux et l'on a peine à comprendre ce qui distingue l'un de l'autre. Que ce soit la colle ou la vie, ça ne fait pas une grande différence.

24

Son sommeil vint brusquement. Il lui était tombé dessus à la page deux du cahier sports. Il s'était assoupi, la tête baissée, adossé au banc. Ses paumes ouvertes posées sur la photo de l'équipe des Giants. Un réseau de lignes. Qui croisent celle du cœur. De l'encre d'imprimerie poisseuse sur l'index droit. Une fois de plus il ressemblait à un enfant. Ingénu. Sans protection dans son ingénuité. Et je ressentis une fois de plus le souhait de le couvrir ; ce souhait naturel de le préserver d'un malheur, de quelque manière que ce soit.

Lorsqu'il s'éveilla, il était déjà plus de cinq heures et demie. Il s'étira en bâillant et se frotta les yeux pour se réveiller. Quelques minutes encore, dit-il avec un clin d'œil, et ce sera la fin de la journée. Pas d'heures supplémentaires aujourd'hui. Il replia le journal. Ce qu'il y a de plus beau, dans le travail, c'est le moment où l'on rentre chez soi. Ma première phrase, lorsque je passe la porte et suis dans l'entrée. Ça sent l'ail et le gingembre. Les légumes tout juste cuits à la vapeur. Je me tiens dans l'entrée, j'inspire ce fumet et je dis : Ce qu'il y a de plus beau dans le travail, c'est le moment où l'on rentre chez soi. Kyōko me traite d'idiot pour avoir prononcé ces mots. Dans sa bouche, « idiot » sonne comme le « tu » le plus tendre. Sans aucune espèce d'offense. Tu comprends ? Elle pourrait me traiter de tout autre chose. De menteur, d'imposteur. Et pourtant, il y aurait là-dedans, je l'espère instamment, la même tendresse qu'elle met dans le mot « idiot ». Quoique. Je préfère ne pas le savoir. Tant qu'il reste de l'espoir, je ne veux pas savoir ce qui se passerait si je lui disais la vérité. Et à quoi bon, du reste ? Elle a mérité mieux, beaucoup, beaucoup mieux que la vérité.

25

Six heures moins cinq. Il renouait sa cravate. Pas trop hâtivement. Plutôt comme s'il devait se retenir. Un cheval bridé qui tire ses propres rênes. Il n'arrêtait pas de secouer le bras en le lançant vers le haut, d'écarter la manche de sa chemise, de regarder sa montre. Je m'en vais maintenant. Six heures moins trois. Non, encore un peu. Six heures moins deux. Mais maintenant, pour de bon. Six heures moins une. Eh bien, voilà. À demain ? J'acquiesçai. Il dit d'une voix douce, presque inaudible : Je te remercie. Un ultime coup d'œil au poignet. Six heures pile. Il s'était redressé d'un geste brusque. Je l'imitai. Nous étions les yeux dans les yeux, la même taille. Au revoir. Ma voix. Après deux ans de silence, elle était d'une transparence vitreuse. Au revoir. C'était cela. Une rencontre crispée de consonnes et de voyelles. Une fois encore, je me tus. Et puis cela jaillit hors de moi : Mon nom est Taguchi Hiro. J'ai vingt ans. Vingt ans, c'est l'âge que je me suis choisi. Je m'inclinai, gauchement, et gardai cette révérence jusqu'à ce qu'il fût parti. Singulière satisfaction : j'en suis encore capable. De me présenter à quelqu'un. Je ne l'ai pas désappris. Même si mon nom s'émiette sur ma langue.

26

Sur le chemin qui me ramenait à la maison, je continuai de tisser son histoire. Se confier à moi avait peut-être suffi : peut-être, le soir même, se confierait-il dès son retour chez lui. Mais peut-être pas non plus. Peut-être allait-il repousser ce moment jusqu'à ce que ses dernières économies soient consommées. Peut-être était-ce précisément ce qu'il attendait : que Kyōko finisse par apprendre la vérité. Qu'elle se réveille un jour avec à l'estomac le vague sentiment que quelque chose ne collait pas. Elle mènerait l'enquête, découvrirait le pot aux roses, mettrait son mari à la question. Et nous étions peut-être justement semblables sur ce point. Nous observions l'un comme l'autre des choses qui nous échappaient toutes et nous ressentions l'un comme l'autre un soulagement secret à l'idée de ne pas être en mesure d'en redresser le cours. C'était peut-être la raison pour laquelle nous nous étions rencontrés, tous les deux. Pour constater simultanément et indéniablement qu'il ne nous est pas possible, ni à partir d'ici ni à partir de maintenant, de revenir en arrière sur ce qui s'est produit. Et c'est peut-être pour cette raison que son histoire était aussi la mienne. Elle traitait de ce qu'il avait omis et de ce sur quoi, par conséquent, l'on ne pouvait pas revenir.

Tant de gens qui rentraient chez eux. Tant de chaussures marchant au même pas, je sortis du rythme. Là-bas, devant, sous le réverbère, je vis papa qui revenait du travail et passait devant un buisson en fleurs, le regard obstinément rivé au sol. Il ne me vit pas. Je m'étais caché à temps derrière un distributeur automatique de boissons. Je voulais nous éviter, à lui comme à moi, l'embarras qu'il y a à se rencontrer en pleine rue et à ne rien trouver à dire. Mais dès qu'il eut tourné au coin de la rue, cela me fit de la peine de ne pas lui avoir au moins souhaité une bonne soirée.

27

Une journée magnifique, n'est-ce pas ? Quand le ciel est aussi bleu, on irait volontiers faire un tour à la mer. Vraiment dommage. Les yeux baissés devant lui, il secouait la tête. J'ai du temps libre et pourtant je ne le suis pas. Mais demain sera aussi une journée. Il s'assit. Soupira. Taguchi Hiro, donc. Je me disais déjà que tu étais muet et d'une certaine manière, je l'admets, cela m'aurait même convenu. Pas pour de vrai, bien sûr, si tu peux le comprendre. Il se gratta le menton. Devant le vert des arbres, derrière lui, une coureuse lançait les bras en l'air. Elle continua de trotter, un bandeau rouge sur le front. De la rue provint un discret coup de klaxon. Le bruit des voitures qui enflait et désenflait. Il s'empêtrait dans les buissons, autour de nous, demeurait à l'extérieur du tout premier cercle, celui qui nous entourait.

Il poursuivit sans transition. D'une certaine manière, cela me conviendrait que Kyōko sache que je viens ici. Elle me console, l'idée qu'elle saurait, instinctivement, par le ventre, l'idée qu'elle serait, parce qu'elle saurait, ma complice, qui jouerait le jeu pour l'amour de moi. Misérable, n'est-ce pas ? L'idée qu'elle jouerait le jeu de son propre chef. Ce matin, quand elle me nouait la cravate, elle a dit, et elle était sérieuse : Si seulement on était assez fous pour faire tout autrement. Sortir du lot, pour une fois, a-t-elle dit, et elle a repris brièvement son souffle. Cela aurait été le moment de lui avouer que j'en étais sorti depuis longtemps. Mais elle avait déjà fini de nouer la cravate, et la seule chose qui restât était la honte. J'ai honte de ma honte. Quelle énergie je consomme pour la dissimuler à moi-même et à Kyōko. Car c'est tout de même ça, la réalité : je n'ai pas seulement perdu mon travail. La perte qui pèse le plus lourd, c'est celle du respect de soi. C'est avec cette perte-là que commence tout déclin. Quand on est au bout d'un quai de gare surpeuplé, quand on voit les phares du train à l'approche et qu'on se surprend à calculer l'instant où un saut sur les rails signifierait la mort certaine. On fait un pas en avant. On le sent : maintenant, maintenant, maintenant ! Et puis, rien. Un tel rien obscur ! On n'est même plus bon à cela. Le train entre. Il est bondé. Vous vous voyez dans le reflet des vitres qui glissent devant vous et vous ne reconnaissez même plus votre visage.

28

Voilà ! Il se raidit. Mais maintenant, terminé. Je parle, je parle sans arrêt. Tu vas penser que je suis incapable de mettre un point final. Assez parlé de moi. C'est ton tour maintenant. Raconte-moi quelque chose.

Quoi ?

Peu importe. La première chose qui te passe par la tête. J'écoute.

Et sur ces mots, il s'adossa à son banc et sembla n'avoir effectivement plus d'autre projet que celui d'écouter.

Par où commencer ? Je cherchai un mot qui fût à la hauteur du dernier qu'il avait prononcé. C'est difficile, dis-je. La première chose qui me passe par la tête, c'est qu'il est difficile de raconter quelque chose. Chaque être humain est un amoncellement d'histoires. Mais moi. J'hésitais. J'ai peur d'amonceler des histoires. J'aimerais n'être qu'une histoire où rien ne se passe. Supposons que vous vous jetiez sous les roues du train demain matin. Que vaudrait alors ce que je vous raconte aujourd'hui ? Et cela vaut-il même quelque chose en général ? Je vous l'ai dit. C'est difficile. La première chose qui me vient à l'esprit est : nous dérivons sur de la glace en dégel.

Une jolie phrase. Il la répéta. Nous dérivons sur de la glace en dégel. De toi ?

Non, pas de moi. De Kumamoto. Je déglutis. De Kumamoto Akira.

Parler me submergeait. J'étais le lit d'une rivière tarie sur lequel s'abat une forte pluie après des années de sécheresse. Le sol s'en imbibe vite, et ensuite plus rien ne retient l'eau. Elle monte, monte encore, franchit les berges, arrache les arbres et les buissons, lèche les terres. Une libération, à chaque mot que je prononçais.

29

Kumamoto écrivait des poèmes. Ses cahiers d'écolier en étaient pleins. Toujours à la recherche du poème parfait – son idée fixe –, il était assis, un crayon à papier coincé derrière l'oreille, totalement coupé du monde, poète de pied en cap, lui-même un poème.

Nous étions dans la même classe en terminale. Tous deux soumis à la même pression pour que nous allions jusqu'au bout. Il prenait ça plus à la légère que moi. Ou plutôt : il faisait comme si. À quoi bon apprendre, plaisantait-il, si mon chemin est tracé à l'avance ? Incontournable. Les traces des pieds de ceux qui l'ont emprunté avant moi. Mon arrière-grand-père, mon grand-père, mon père. Autant de juristes qui l'ont frayé pour moi. Je n'ai rien à apprendre. Ils l'ont déjà fait pour moi. Je dois juste le remâcher, et ensuite le cracher. Voilà mon obligation à leur égard. Regarde ça ! Il me montra l'un de ses cahiers. Déchiré. Père estime que la société n'a pas besoin d'un original. Eh bien, il a raison. Seulement moi, je n'y peux rien. J'ai mis des heures à recoller les morceaux.

Sous l'une des bandes adhésives, je lus : L'enfer est froid.
Le vers le plus parfait qu'il eût produit à ce jour, dit-il.
Le feu de l'enfer n'est pas de ceux qui réchauffent.
J'en meurs de froid.
Aucun lieu n'est si froid que ce désert en flammes.
Épais coups de crayon noir. Enfoncés dans le papier fin. Ici et là manquait un petit bout. Ça ne fait rien. Kumamoto se frappa trois fois la poitrine. Tout est là-dedans. Mon poème d'agonie ou de mort. Mon *jisei no ku**.

30

Dans un premier temps je ne le compris pas. Je le compris tout aussi peu que les poèmes qu'il écrivait. Je les lisais et je comprenais les mots qui les formaient. Je comprenais « enfer », « feu » et « glace ». Mais pour comprendre l'abîme qu'ils désignaient, j'aurais eu besoin d'une lecture dans les profondeurs, et j'en avais peur, sans doute parce que je pressentais que c'était là que je me trouvais et que, malgré tout, je ne voulais pas le percevoir. Que j'étais là-dedans. Si je l'avais compris à l'époque, certaines choses se seraient peut-être déroulées différemment, mais qui le sait ? Qui sait à quoi quelque chose est bon, et si le fait que ce soit bon compte pour quelque chose ? Aussi loin que je me rappelle, « bon » n'est pas un mot que Kumamoto eût jamais employé.

* Poème d'agonie ou de mort (*N.d.É.*).

Nous devînmes amis malgré tout. De bons amis. J'admirais son caractère imperturbable. Il émanait de lui la lumière d'un être qui savait précisément où il allait et n'ignorait pas que, là où il allait, il serait terriblement seul. Il n'avait aucun respect pour les opinions. Il riait avec ceux qui riaient de lui. Comme à propos de son père, il disait alors : Vous avez raison. Je n'y peux rien, tout simplement. Il disait cela avec un clin d'œil. C'était une sentence lancée d'un clin d'œil.

Ce qu'il admirait en moi ?

Je ne le sais pas. Peut-être que je lui fusse entièrement dévoué. J'avais confiance en lui et en sa gaieté. J'avais confiance dans le fait d'avoir face à moi un être qui resterait toujours jeune et qui, une fois que je serais mort, continuerait, les cheveux blancs, de rêver du poème parfait.

31

Le plus souvent nous nous rencontrions le soir. Il aimait l'obscurité. La lumière, pour lui, était alors à la fois triste et joyeuse. Elle portait le deuil de la journée, celle qui avait passé, et se réjouissait de la nuit, qui avait débuté. Nous nous promenions sans but dans les rues. Kumamoto, me tirant derrière lui, autour de lui l'odeur d'un paysage étranger. Cela sentait les sols gelés sur plusieurs centimètres, les plantes rares qui se tenaient cachées en dessous. Si elles se redressaient, me demandais-je, qu'est-ce qui viendrait à la surface ?

La réponse fut un carrefour.

Kumamoto s'arrêta. Au-dessus de lui, une publicité pour du shampooing nous aspergeait de ses lettres au néon. Hommes et femmes décrivaient de grands arcs en passant devant nous. Nous étions une île au milieu des vagues ondoyantes. Un enserrement, soudain, Kumamoto me retenait. Il avait pris mes bras des deux mains. J'y suis, cria-t-il, il n'y a pas de poème parfait ! Sa perfection doit justement consister dans le fait qu'il est imparfait. Le comprends-tu ? Moi, je n'ai pas voulu le comprendre. Lui, à mon oreille : J'ai un tableau dans la tête. Je le vois clairement devant moi. Ses couleurs tranchantes sont d'une clarté aveuglante. Mais dès que je l'ai saisi intégralement, il explose, et ce que je couche sur le papier est formé de particules isolées qui ne produisent pas un tout. Tu comprends, maintenant ? Tout se passe comme si j'essayais de recoller, morceau après morceau, un vase qui a été brisé. Mais les éclats sont tellement éparpillés que je ne sais pas quel bout va avec quel autre, et quelle que soit la manière dont je les dispose, il reste toujours un éclat en trop. Mais cet éclat-là ! C'est lui qui fait le poème. Lui seul lui donne du sens. Il y avait une fièvre dans sa voix : Mon poème d'agonie doit être un vase, et l'eau doit passer à travers ses fissures rejointoyées.

Il me lâcha. Je vacillai. Je sentis sur mes bras l'empreinte de ses doigts.

Tu es vraiment malade, chuchotai-je.

Il répondit : Toi aussi.

C'était un avertissement. Je l'entendis et ne l'entendis pas.

32

Quelques jours plus tard, Kumamoto – c'était en cours de physique – me fit discrètement passer un morceau de papier· Y était écrit : Ce soir à huit heures. Au carrefour. Je veux réparer. J'ai encore son message. Je sais exactement où il se trouve dans ma chambre, et dans quel tiroir. Sous la pierre archaïque dans laquelle un insecte a laissé son empreinte. De temps en temps je le sors et je lis, mot après mot, comme une prière. Ce soir à huit heures. Au croisement. Je veux réparer.

Sa maladie ?

Je crois que c'était sa volonté inconditionnelle. Il voulait, voulait, voulait encore. Réparer. Il savait qu'il ne pourrait rendre ce qu'il devait à ses pères, et il savait que sa gaieté ne durerait pas éternellement. On ne peut pas affirmer éternellement . Je n'y peux rien. À partir d'un certain âge, qu'il ne voulait pas atteindre, on doit admettre qu'on y peut toujours quelque chose. C'était cela, sa maladie : il comprit trop jeune que rien n'est parfait, et il était trop jeune pour en tirer les bonnes conclusions. C'était aussi ma maladie : voilà contre quoi il voulait peut-être me mettre en garde.

Lorsque je quittai la maison, ce soir-là, l'air était humide et confiné. Un drap trempé qui s'enroulait autour du corps. J'étais tendu, je courais, l'asphalte liquide sous mes pieds. De loin, déjà, je l'aperçus. Il avait tourné le visage vers moi. Un regard brûlant, il me dévisagea. Leva la main, cria quelque chose. Sa bouche s'ouvrit et se referma. Je ne le compris pas. Couvert par le bruit de la rue, son appel avait cessé de résonner depuis longtemps lorsque, tel un nageur, il se précipita dans la circulation sans se retourner, tandis que mon regard lui courait après. Il avait levé la main. Crissements de freins. La main, quelques secondes encore, dans l'air pesant. Puis elle retomba d'un coup. Quelqu'un cria : Un accident ! J'arrivai sur les lieux en haletant. Des coudes pointus dans mon flanc. Je me frayai un chemin dans la chaîne des passants. Kumamoto, couvert de sang. Sa main. Blanche et menue. Le hurlement des sirènes. Je fis un pas en arrière. Aveugle. Aveuglé. On me poussa, très loin de là. Hé ! toi ! Tout va bien ? Je m'étais affaissé sur le trottoir. À côté de moi un sac-poubelle éclaté. De la viande pourrie. Je perdis connaissance. Lorsque je revins à moi, on l'avait déjà emporté. Au-dessus de moi, une publicité pour des masques de beauté. Tout va bien ? Je me levai et partis.

33

Je rentrai à la maison, les jambes tremblantes. Chacune des personnes que je croisais avait ses yeux. Kumamoto partout. Des corps épais, des os en dessous, des organes, rien qui reste. Sa mort – était-il seulement mort ? – m'avait pourvu d'un regard aux rayons X. Je me rappelle la femme qui marchait devant moi. Elle était belle. Bâtie tout en tendresse. Je regardais son dos et observais, en inspirant et en expirant, sa colonne vertébrale qui ondulait. Cette colonne vertébrale, je le compris d'un seul coup, est, dans son mouvement, inclinée vers la mort. Je me rappelle l'homme qui marchait à sa rencontre, lui prit le bras, lui embrassa le creux des mains. Lui aussi, cendre et poussière. Mes parents. Je me souviens. Maman, un squelette, était assise devant la télévision. Papa, un squelette, buvait une bière mousseuse. Ah, te voilà enfin. Crânes nus qui me reluquaient depuis des orbites fixes. Que vas-tu devenir ? entendis-je. Tu traînes jusqu'à la nuit. Tu as oublié ? Ton avenir ! Papa mordit dans un morceau de saucisse crue. Dents qui déchirent. Je traversai le couloir en titubant. Mon ombre, sur mes pas, jusqu'à ma chambre. La porte se referma sans bruit sur sa serrure.

34

Tiens, prends une gorgée. Il faut que tu boives quelque chose.

La Cravate, zébrée de rouge et de gris, me rattrapa dans le parc.

Toujours lentement, dit-il, comme ça, c'est bien.

J'étais heureux qu'il n'en dise pas plus que cela.

Que doit-on dire en effet ? poursuivis-je. Que doit-on dire quand les mots vous ont échappé ? Après que la porte se fut refermée derrière moi, je sentis un vide muet. Je m'allongeai sans rien dire, courus une fois encore, en pensée, vers le carrefour. La bouche de Kumamoto. Qu'avait-il crié ? Je tentai, encore et encore, de lire sur ses lèvres, et j'échouai chaque fois. Un mot ? Un mot comme liberté ? Ou vie ? Ou bonheur ? Un non ? Ou un oui ? Un simple salut ? Peut-être : Adieu ? Ou alors mon nom ? Ou bien : Papa ? Peut-être : Maman ? Ou quelque chose qui n'avait pas eu de signification, qu'il était absurde de vouloir savoir.

Je passai le reste de la nuit dans un état second. Je ne dormais pas, et pourtant je dormais du sommeil d'un somnambule. Dès que je fermais les yeux, je voyais la main, dans la chambre noire de ma mémoire, la main de Kumamoto qui s'extrayait, effroyablement solitaire, qui se détachait de l'asphalte noir. C'est moi qu'elle avait désigné. Moi, parmi tous ceux qui l'entouraient. Et ce qui m'avait le plus consterné, c'était la honte qui montait tout à coup en moi, ce : Je ne le connais pas. Il n'est pas des miens. C'est de bon cœur que je me laisse pousser au loin. Loin de lui, allongé là, qui souffre. La honte s'était dissipée, aussi rapidement qu'elle était venue, mais il ne servait à rien de me convaincre, après coup, qu'il s'était agi d'une réaction naturelle. Elle était là, je l'avais sentie, elle avait toujours été là, et avec la rage, ce : Pourquoi Kumamoto avait-il fait en public ce qui ne concernait que lui ? Pourquoi m'avait-il imposé cette honte teintée de lâcheté ? Je ne voulais plus jamais, j'en fis le serment, être attaché à quiconque. Ne jamais plus être intriqué dans le destin de quelqu'un. Je voulais entrer dans un espace sans temps où personne ne me bouleverserait plus. Si jamais la vie continuait à l'extérieur. Je voulais la bloquer, me cacher en rampant devant elle, ne pas tolérer que cela m'arrive. Dans mon regard s'était vrillé cet éclat qui donnait son sens au poème d'agonie de Kumamoto.

35

Le lendemain matin je suis resté couché. Rien d'inhabituel. Auparavant, déjà, je séchais assez souvent. Il m'était arrivé de rester trois ou quatre jours à la maison, et l'on m'avait laissé en paix parce que j'avais de bonnes raisons. L'essentiel est que tu reviennes avec de bonnes notes. Le drôle de zèle qui m'animait encore m'avait permis de rattraper rapidement les cours manqués.

Mais cette fois, c'était différent.

Une semaine s'écoula. Les parents étaient soucieux. Une semaine encore, et ils étaient grognons. Une semaine supplémentaire, désespérés. Longtemps désespérés. Puis, de nouveau, grognons. À la fin, soucieux. Il y eut comme ça des hauts et des bas jusqu'à ce que je ne sois plus capable de déterminer si les semaines étaient déjà devenues des mois, ou les mois, déjà, des années. J'avais fermé à clef la porte de ma chambre. On frappait en vain, je ne répondais pas. Selon que les parents étaient soucieux, ou grognons, ou désespérés, le son de leurs doigts sur la porte était gris, ou noir, ou blanc. Cela teintait le silence qui m'avait aspiré en lui et qui ressemblait à celui d'une forêt obscure. On marche sur un chemin sinueux. Cimes d'arbres vacillantes, le soleil tombe en biais à travers les branches. Dans ses rayons scintillent des toiles d'araignées, tendres structures en fils de rêve. On se dit : Comme c'est silencieux ici. Et l'on comprend, dès l'instant suivant, que l'on s'est trompé. Le silence de la forêt est un silence plein. Il est rempli par les sons des oiseaux, le craquement du bois pourri. Les coléoptères vrombissent. Une feuille lasse descend en tourbillonnant. Le silence susurre comme de la musique, comme un chant sans début et sans fin. De ce chant découlent tous les autres chants. Je l'ai compris dans ma chambre : le silence a un corps. Il est vivant. Le robinet qui goutte dans la cuisine. Les pantoufles en peluche de ma mère. La sonnerie du téléphone. Le réfrigérateur qui s'ouvre. Le bruit que fait mon père en buvant. Par le trou bouché de la serrure, je pouvais entendre respirer ce qui était à l'extérieur et j'étais soulagé de ne plus avoir à y agréger mon souffle. Un picotement sur le cuir chevelu. Je sentais mes cheveux pousser.

36

Il a redonné de ses nouvelles ?

Qui ?

Kumamoto.

Non, fis-je avec un mouvement de tête. Je ne sais pas ce qu'il est devenu, et pour être sincère je ne tiens pas du tout à le savoir.

Pourquoi ?

Il a écrit son poème. Vous comprenez ? Maintenant j'écris le mien.

Et s'il était encore vivant…

… j'ai tout de même passé deux ans dans ma chambre. Les deux dernières années de ma jeunesse – offertes ! Offertes à lui qui, je ne peux pas m'imaginer ça autrement, doit être mort au fond de son âme.

Je peux le lire ? Ton poème ?

Il n'est pas terminé.

Mais il est là tout de même.

Où ça ?

Sur le dos de ta main.

Tant de cicatrices. Je les cachai en vitesse.

37

Des salsifis, une salade de nouilles, deux croquettes.

Il jeta les quelques miettes restantes aux pigeons qui s'étaient regroupés autour de nous en battant des ailes. Il tapa du pied. Ils s'égaillèrent. Revinrent en gonflant le cou. Avaient oublié qu'il les avait chassés un instant plus tôt. Les pauvres animaux, marmonna-t-il. Ça doit être terrible. Sans mémoire. Mais ça n'est peut-être pas si grave qu'on le croit. Je pense. Si l'on oubliait tout. Est-ce qu'en même temps on ne pardonnerait pas tout ? À soi-même et à l'autre ? Ne serait-on pas délivré des remords et de la culpabilité ? Un crépitement électrique, il essuyait avec sa manche une tache invisible sur son pantalon. Non, n'est-ce pas, ce serait trop simple. Pour pardonner, pour être réellement libre, il faut se rappeler, jour après jour.

Tu as envie de raconter la suite ?

Oui, j'aime bien pardonner. La phrase m'est sortie de la bouche comme cela, exactement comme cela.

Je ne suis pas un *hikikomori* typique, repris-je. Pas un de ceux dont on parle dans les livres et les articles de journaux que l'on dépose de temps en temps sur le seuil de ma porte pour que je les lise. Je ne lis pas de mangas, je ne passe pas mes journées devant la télévision, ni la nuit devant l'ordinateur. Je ne construis pas de maquettes d'avions. Les jeux vidéo me donnent la nausée. Rien ne doit me distraire de la tentative de me préserver de moi-même. De mon nom par exemple, de mon héritage. Je suis fils unique. De mon corps, dont les besoins n'ont pas cessé, pour me maintenir. De ma faim, de ma soif. Au cours des deux années où j'ai décroché, mon corps était plus fort que moi trois fois par jour. Alors j'allais furtivement jusqu'à la porte, je l'entrouvrais et je soulevais le plateau que maman avait déposé. Quand il n'y avait personne à la maison, je me faufilais dans la salle de bains. Je me lavais. Étrange, ce besoin de me laver. Je me brossais les dents, je me peignais les cheveux. Ils étaient devenus longs. Un coup d'œil dans le miroir : j'existe encore. Je réprimais le cri coincé dans ma gorge. De lui aussi, je devais me préserver. De ma voix, de mon langage. Le langage dans lequel je note à présent que je ne sais pas si le *hikikomori* existe seulement. De même qu'il existe des chambres très différentes, il existe des *hikikomoris* très différents, qui se sont recroquevillés sur eux-mêmes pour les raisons les plus diverses et de la manière la plus variée. Tandis que l'un, à propos duquel j'ai lu quelque chose, passe sa jeunesse qui s'échappe à répéter toujours la même mélodie sur une guitare pourvue de seulement trois cordes, l'autre, j'ai lu aussi quelque chose à son sujet, a rassemblé une collection de coquillages. La nuit, quand il fait noir, il court au bord de la mer, capuche sur la tête, et ne revient chez lui qu'au lever du jour.

38

Ma chance, c'est qu'on m'ait laissé en paix jusqu'ici. Car il y en a qu'on a attirés à l'extérieur. On leur promet une réintégration. Une guérison aussi. Du travail. Du succès. Avec cette maigre promesse aux lèvres, on les reconduit pas à pas dans la société, ce grand commun. On les habitue à se montrer agréables à son égard. On les adapte. Mais moi, j'ai de la chance. On ne compte pas sur moi. On n'envoie pas de travailleur social passer des heures devant ma chambre pour me faire la leçon. Les livres et les articles de journaux, quand il m'arrive de les feuilleter, l'after-shave de papa, puis de nouveau un coup sourd, l'empreinte des doigts de maman dans l'une des boulettes de riz, ce peu de vie est juste suffisant, c'est ce qui est encore supportable. On m'accorde cela. C'est ma chance. Faire partie d'une famille qui me permet de m'enfermer. Par honte, notez-le bien. Personne ne doit savoir que je suis un *hikikomori*. Aux voisins, on a raconté que j'étais en séjour d'échange en Amérique, et maintenant que je sors de nouveau, on leur a raconté que j'étais revenu et qu'il me fallait du temps pour me réaccoutumer à mon pays natal. Ma chance, c'est de faire partie d'une famille qui a honte de moi.

Et c'est peut-être cette chance qui caractérise le mieux un *hikikomori*. La chance d'être libéré, pour une période dont la fin n'est pas prévisible, de l'événement vécu et subi, de l'interaction entre la cause et l'effet. Rester dans un espace sans événement, sans objectif humain en perspective ni volonté de l'atteindre. Une boule qui repose tranquillement dans la marge et n'en met pas d'autres en mouvement. En s'excluant, on tombe hors du réseau étroit des contacts et des relations, et l'on est soulagé de ne rien avoir à faire à cette fin. Ce soulagement : on n'a plus de contribution à apporter. On s'avoue enfin que le monde nous est parfaitement indifférent.

39

Il n'est pas simple d'avoir un *hikikomori* dans la famille. Notamment au début. On le sait : il y a le seuil, derrière le seuil, sa chambre, et c'est là-dedans qu'il fait le mort. Il vit encore, on l'entend parfois, bien trop rarement, qui va et qui vient. On lui dépose son repas devant la porte et on le voit disparaître. On attend. Il doit certainement aller de temps en temps à la salle de bains, aux toilettes. On attend en vain. Les premiers temps, je ne suis sorti que lorsque j'étais certain que nul ne me dérangerait dans mon existence. Mon existence consistait à ne pas être là. J'étais le coussin sur lequel nul ne s'asseyait, la place qui restait vide à table, la prune entamée sur l'assiette que j'avais redéposée devant la porte. En étant absent, j'avais transgressé la règle qui dit que l'on est là et que, lorsqu'on est là, on doit faire, on doit atteindre quelque chose.

Mais il n'est pas non plus particulièrement difficile d'avoir un *hikikomori* dans la famille. Le désespoir que cela inspire dans un premier temps se dissipe. On n'est plus désespéré de son absence, on s'efforce plutôt désespérément de le dissimuler. Quelle honte. Notre fils unique. Les gens se sont mis à parler de nous. Regard en biais chez les Fujimoto. On murmure que je fais des courses pour trois alors que je ne devrais les faire que pour deux. Au moins il a tiré les rideaux. Je n'ose pas imaginer ce que ce serait si on le voyait. Tu sais bien, tout de même, ce qui est arrivé jadis aux Miyajima. Eux non plus, à la fin, personne ne prenait plus leur défense.

Mon père et ma mère étaient d'accord : il fallait à tout prix préserver notre nom et notre réputation. Ils se disputaient beaucoup pour savoir qui était responsable de mon repli et qui était le plus coupable des deux. Ils se disputaient à voix basse, d'une voix juste assez faible pour que les voisins ne puissent pas les entendre. Tu l'as gâté, affirmait-on alors. Ou bien : Tu n'as jamais été là pour lui. Mais sur la question du nom et de la réputation, ils étaient d'accord, et leur unanimité était mon avantage, puisqu'elle me permettait de me retirer de plus en plus loin.

Une fois seulement, ils ont tenté de me faire sortir. À l'apogée de leur désespoir, ils ont ouvert la porte au pied-de-biche. Papa a fait irruption à l'intérieur, il était hors de lui. Et quand bien même je devrais te faire sortir à coups de poing ! Il a levé la main. Celle de Kumamoto. Pendant quelques secondes en l'air. Je reculai. Elle s'abattit en sifflant. Frappa dans le vide. Retomba sans force sur le sol. J'ai dit : Je ne peux plus. Je l'ai plutôt dit à moi-même. Mais on ne me dérangea plus du tout.

40

Vous avez entendu ?

Un hum.

Puis il s'est tu. Son silence n'évaluait pas ce que je lui avais dit, ni la manière dont je l'avais dit. C'était un hum, rien de plus, et avec un hum le soleil traversait le ciel en biais. Lorsque nous avons recommencé à parler, c'est sur des bagatelles que nous nous sommes attardés. Le week-end. La météo. Si le temps reste aussi beau, nous irons à la mer demain. Kyōko aime ça. Partir quelque part.

Encore un hum.

Puis il s'était endormi.

Je remarquai que j'avais omis beaucoup de choses. J'avais par exemple omis le fait que Kumamoto m'avait parfois appelé son jumeau. Ou plus précisément : son jumeau par l'âme. J'avais omis de dire qu'il me manquait. J'avais omis de dire que ma mère pleurait très souvent à mon propos. Et que mon père n'oubliait jamais de me glisser mon argent de poche sous la porte. J'avais omis de dire que ce sont précisément ces omissions qui donnaient son contour à mon histoire. Kumamoto avait eu raison : on pouvait écrire des poèmes d'agonie, des millions, sur une seule et même mort, et pourtant chacun d'entre eux disait quelque chose d'autre, selon ce qu'il omettait.

41

Le samedi et le dimanche s'étirèrent paresseusement. Nos adieux avaient été légers. Bon, eh bien. Bonne continuation. On se revoit. Aucune gêne ne s'était immiscée entre nous deux, et j'attendais le lundi matin avec d'autant plus d'impatience. Allait-il revenir ? La question m'oppressait. Elle faisait le bruit régulier du train sur les rails. Une sorte de : maintenant ! maintenant ! maintenant ! Et une voix lisse informant les voyageurs : Obstacle à la circulation. Nous vous remercions de votre compréhension. Quelqu'un chuchote dans son portable : Encore un qui y est passé.

Pour la première fois depuis longtemps j'eus envie de me changer les idées. Mes parents étaient sortis, je vis les phares de leur voiture quitter l'allée de la maison. À peine étaient-ils partis que je me faufilai sur la pointe des pieds, même maintenant, dans le salon, de l'autre côté. J'allumai le téléviseur. Une émission de cuisine. Suivante. Un match de base-ball. Je le laissai se dérouler tandis que, plus ferme à présent sur mes jambes, j'allais du salon à la chambre, de la chambre à la salle de bains, de la salle de bains à la chambre d'amis. Un lit abandonné au milieu de cartons. Des livres usés à force d'être lus. Un nounours. De vieux jouets. L'odeur familière des choses qu'on a, jadis, appréciées. La chambre d'amis était devenue un débarras. Le dernier invité à avoir dormi ici était l'amie de maman, tante Sachiko. Des visiteurs, on n'en avait plus que rarement et, lorsqu'il y en avait, cela se résumait à quelques mots dans l'entrée. Toute la maison semblait attendre que quelqu'un revienne pour la remplir de vie. C'était une maison triste. Pour m'en consoler, je fis encore une fois le chemin entre la chambre d'amis et la salle de bains, la salle de bains et la chambre à coucher, la chambre à coucher et le salon, et, partout où cela me plaisait, je laissais une trace censée lui dire qu'il y avait encore un peu de vie en elle. Je déplaçai des objets. D'un demi-centimètre. Je formai des creux dans les édredons et les oreillers. J'échangeai un gant-éponge contre un autre. Et je retardai les horloges d'une minute. Aux murs du couloir d'entrée, des photos souriaient depuis un lointain passé. Je m'arrêtai devant l'une d'entre elles. Elle nous montrait à trois devant un décor plaqué après coup derrière nous, par montage. Le Golden Gate Bridge. Au-dessus, une lune gonflée, gigantesque. Nous n'étions jamais allés à San Francisco. Je retournai la photo contre le mur.

42

Et alors ? Vous êtes allés à la mer.

Non. Il tenta de rire, ça ne marcha pas. Kyōko a trouvé que j'avais l'air épuisé et qu'il valait mieux que je reste sur place et au calme. Elle a dit qu'autrement j'allais finir par me tuer au travail. Kyōko tout craché, elle me connaît trop bien. Elle sait que je suis une personne qui a du mal à ne rien faire. En tout cas j'ai été comme ça. Mais ça fait déjà un bon petit moment.

Deux mois ?

Oui. À peu près deux mois. Depuis que j'ai été renvoyé, le temps est approximatif. En fait, je ne sais absolument plus comment je l'ai jamais passé. Il me semble que je n'ai jamais fait que travailler, rien que travailler, et qui plus est, au contraire de beaucoup d'autres, de bon cœur.

Mais dans ce cas pourquoi êtes-vous ici ?

Les derniers temps je n'ai plus tenu le coup. Il parlait sans me regarder, le visage légèrement tourné de côté. Dans l'entreprise, j'ai commencé à me faire remarquer. Dix jeunes têtes. Et dans le lot moi, une grise. Vingt mains. Dont les miennes, trop lentes. Je me suis fait remarquer comme quelqu'un qui déclinait. Même pour boire après le travail je déclinais. Alors que les autres buvaient jusqu'à tomber à la renverse, je buvais moitié moins et je m'effondrais tout de même. Ça n'est pas un plaisir d'être là, couché, et de ne plus savoir comment on doit arriver jusqu'au lendemain. On commence à se poser toutes les questions possibles. On se voit dans le miroir et on détourne vite le regard. On évite de prononcer le mot « vieux ». Mais il vous échappe, au moment le plus mal choisi. Et soi-même, on n'est plus convenable, on finit, d'une certaine manière, par ne plus convenir.

43

Un jour j'ai trébuché. C'était un petit malheur. Je portais une pile de papiers dans le bureau d'un collègue. Un film au ralenti. Le câble était là. Je l'ai vu. D'un pied j'étais déjà de l'autre côté, en sécurité. J'avais l'autre encore en suspension. Les feuilles se sont éparpillées. Tout autour de moi des chiffres noirs. Un rouge : cinquante-huit. Il me riait au nez. Dix cravates étaient mes témoins. Vingt yeux, un regard. Celui-là est parti, marmonna l'un d'eux. Mais parti de chez parti.

Mon petit malheur, le seul grand incident qui me soit arrivé en trente-cinq années de travail, a déclenché une chaîne d'erreurs et d'incertitudes. J'avais trébuché, au sens propre du terme, et ce qui m'avait glissé des mains était beaucoup plus qu'une simple pile de papiers. Je m'observai. Quelque chose clochait en moi. Je me palpai les bras et les jambes. Je fis des allers-retours dans les couloirs, pour essayer. Je testai cette démarche-ci, puis de nouveau celle-là. J'achetai des chaussures à semelles antidérapantes. Tout cela pour faire cette constatation : ce que j'avais perdu, ce n'était pas la faculté de marcher en ligne droite, mais un certain élan élastique, une évidence. Je ne pouvais plus me rattraper. J'étais toujours à la traîne derrière moi.

44

Et cette fatigue.

Elle arriva comme la première neige en hiver. L'instant d'avant tout était encore jaune et rouge et bleu, à présent c'était blanc. Et l'instant d'avant tout était encore une maison, un arbre et un chien, désormais c'était un tas informe et j'ignorais ce qu'il y avait dessous. La fatigue m'ensevelit. Une pesanteur de plomb. J'allais être assis dans le métro, pour me rendre au travail. J'allais me demander comment je pourrais me lever. Je cesserais de m'asseoir. Une main suspendue à la poignée, je me tiendrais droit pour que cette lassitude n'ait même pas la possibilité de s'emparer de moi. C'était un combat contre la pesanteur. Mes paupières se refermeraient dessus. Une fois closes, l'obscurité prenait de plus en plus de pouvoir sur moi.

Cette perfide lassitude.

Bientôt elle ne se contenta plus de s'être emparée de mes membres, mais aussi, cela se peut-il, de mon cerveau. Je comprenais ce que l'on me disait, et pourtant je ne le comprenais pas. Un poids sur la nuque, je faisais de l'équilibre le long d'une ligne étroite ; une faute de frappe ou une tache sur ma chemise auraient suffi à me précipiter tête la première dans l'abîme. Mais je ne tombais plus. Je m'endormais. Au bout de trente-cinq années, je ne peux pas ne pas le souligner, au bout de trente-cinq années, un lundi matin, je me suis endormi sur mon bureau. Ce n'était pas un microsommeil. Non. Pas un barbotage en eaux basses. Plutôt une plongée dans la mer la plus abyssale. J'étais une épave rongée par les algues, et les poissons me traversaient le ventre en nuées scintillantes.

45

Lorsqu'on m'a secoué pour me réveiller, je le savais : cette fois, c'était fini. J'avais dans la bouche l'arrière-goût creux d'un rêve dont je ne parvenais plus à me souvenir, et j'en étais presque à souhaiter qu'on ne m'en eût pas arraché.

Un peu plus tard, j'ai été licencié.

Manque d'efficacité, tel était le motif.

J'emballai mes affaires et les jetai dans la première poubelle venue. J'étais libéré d'un poids. Mieux, j'ai honte d'avouer que pendant un instant délicieux je n'ai ressenti que du soulagement. On n'avait pas besoin de moi. Je n'avais plus rien à prouver. Le sentiment d'avoir définitivement échoué m'enivrait. J'étais le sursaut tempétueux et vacillant d'une bougie dont la flamme n'est plus nourrie que par un reste de cire de plus en plus petit. Elle sait qu'elle va bientôt cesser de brûler. Et pour cette raison même, elle brûle, une dernière fois, plus claire que jamais.

Où se rendre ? Pas à la maison. Toujours soulagé, je m'installai dans un bar, non loin de là, d'où je ressortis en titubant cinq bières plus tard. Tiédeur printanière. Nuages dérivants. À l'un des coins de rues devant lesquels je passai, un ivrogne tenait un discours enflammé sur l'état de la nation. Une toux visqueuse, puis il cracha. Lorsque nos regards se croisèrent, il s'exclama : Mon frère, où étais-tu passé ? Je tournai les talons, écœuré. Il me suivit. Je sentis son regard dans mon dos. Il s'approcha. Je sentis sa main. Je la repoussai vers le bas avec force, et m'en pris à lui comme si j'avais perdu la raison. Il ne se défendit pas, ce qui me rendit fou de rage. Il ne répondit à aucun de mes jurons. Un bébé qui râle : Où étais-tu passé ? Je me penchai sur lui. Il avait le visage bleu. Mon cher frère. Son râle me poursuivit.

C'est seulement à la maison que la fatigue revint. Les racines noueuses à côté du portail. De l'asphalte éclaté tout autour. Je parvins à peine à franchir le portillon du jardin. Les pots de fleurs de Kyōko. Un gant. Les doigts usés. La clef mordit doucement dans la serrure. Tendre écho : Où étais-tu passé ? J'ai bredouillé : Le plus beau, dans le travail, c'est de rentrer chez soi.

Espèce d'idiot.

Cela sentait les champignons et les oignons.

46

Je n'ai jamais trompé Kyōko avec une autre femme. Je peux l'affirmer en toute sincérité. Aucune tentation n'a été aussi grande que la promesse que je lui avais faite.

Hashimoto, un ami du temps de mes études, avait l'habitude de se moquer de moi en me traitant de lâche. Lui-même, marié, ne manquait jamais une occasion, et les occasions étaient nombreuses car c'était un homme de belle allure et qui, de surcroît, gagnait bien sa vie. J'étais étonné de sa capacité à se balader d'un corps à l'autre. Il disait cela comme ça : Je me balade. Mais comment fais-tu donc pour n'en rien laisser paraître ? Il répondait : Ça n'est pas sorcier. Ça commence par un premier mensonge. On le plante. Dans le système. Il y fait des racines. À ce premier stade de sa croissance, il suffit de tirer dessus pour les arracher. Suit le deuxième mensonge. Les racines plongent plus profondément. Le troisième, le quatrième, le cinquième mensonge. Désormais il faut une bêche. Le sixième. Le septième. Il faut à présent une pelleteuse. Le réseau des racines s'est déjà largement ramifié. Un tissu souterrain. On ne le voit pas. Il faudrait qu'on le sorte au grand jour pour qu'il soit visible, sous la forme du trou qu'il laisserait. Les huitième, neuvième, dixième mensonges. À un moment donné, le système est totalement miné. Si l'on tentait de sortir les racines de la terre, la surface s'effondrerait.

Hashimoto se balade encore aujourd'hui. Tout récemment, je l'ai croisé dans un grand magasin. Je lui ai demandé : Comment vas-tu ? Lui : Pas de faille dans la roche. Son rire était intact. Il avait gardé sa fraîcheur de jeune homme. Et ton épouse ? Mais elle est là, de l'autre côté. Il désigna un groupe de femmes autour d'un bac à soldes. Celle au foulard. Je tressaillis. Un visage ravagé. Elle avait cent ans, non, des siècles. Que s'est-il passé ? Il sourit en montrant ses dents blanches : La vie ! Bon sang ! La vie ! Un tout petit peu trop bruyamment. Je les suivis des yeux lorsque l'escalier roulant les emporta vers le haut, lui très droit, elle courbée, un couple inégal. Ils étaient dos à dos, chacun pour soi.

47

Ce que je voudrais dire : le mensonge a son prix. Une fois qu'on a menti, on se retrouve dans un autre espace. On vit sous le même toit, on séjourne dans les mêmes pièces, on dort dans le même lit, on se roule sous la même couverture. Mais le mensonge se ronge un chemin au milieu de tout cela. C'est un fossé. Infranchissable. Il fait tomber une maison en deux parties. Et qui sait s'il n'en va pas exactement de même avec la vérité ?

Moi qui n'ai jamais trompé Kyōko, j'ai l'impression d'avoir une maîtresse. Son nom est Illusion. Elle n'est pas belle, mais assez mignonne. Jambes longues. Lèvres rouges. Cheveux bouclés. J'en suis fou. Je ne voudrais certes pas commencer une nouvelle vie avec elle, mais ça ne m'empêche pas de construire avec elle des châteaux en Espagne. Je la conduis dans les meilleurs restaurants de la ville. Je la nourris. Je loue un appartement. Je l'entretiens. Quoi que cela coûte. Elle me satisfait, moi et ma virilité. À son côté je redeviens jeune et fort. Elle susurre : Le monde est à tes pieds. Elle croit en moi et en mes possibilités, je crois en sa foi en moi, je me laisse totalement flatter par celle-ci. Je suis un aventurier à l'aise.

À la maison, je plane dans une bulle. Elle est si mince

que le moindre effleurement la ferait éclater. Je fais donc en sorte que l'on ne m'effleure pas. Je reste assis devant la télévision et je regarde les informations. Lorsque Kyōko me demande comment cela s'est passé au travail, ou pourquoi je ne fais plus d'heures supplémentaires ces derniers temps, ou bien si j'ai déjà parlé de telle ou telle chose avec le patron, je dis : Chut. Pas maintenant. Elle répète la question. Je dis : Plus tard. Je t'en prie. Elle hausse les épaules. J'ose respirer. La bulle dans laquelle je me trouve en suspension tremble à peine sous le souffle de mon haleine.

C'est une décision.

Et sur ces mots il déballa son bento. Une fois encore, du riz avec du saumon et des légumes marinés. Je me suis décidé à faire comme si. Car c'était cela, ma promesse : que le quotidien, notre quotidien, devienne notre refuge. C'est lui qu'il convient de maintenir. Jusqu'au dernier moment.

Enfin, il me dévisagea. Me lança un clin d'œil : Le bento de Kyōko est tout simplement trop bon pour que je veuille m'en passer.

48

Avez-vous des enfants ? demandai-je.

Non. Il se pencha un peu. Non. Pourquoi ?

J'étais en train de me dire que vous feriez un très bon père.

Moi ?

Oui, vous.

Et qu'est-ce qui te le fait croire ?

C'est que vous-même, il vous arrive de ressembler à un enfant. Quand vous mangez, par exemple. Vous faites cela comme un enfant qui ne connaît rien d'autre que, justement, ce qu'il est en train de faire.

Et ça ferait de moi un bon père ?

Eh bien, disons : un père présent.

Il ravala un mot.

La petite fille, là-bas, par exemple. Vous la voyez ? Elle n'arrête pas de tourner son doigt dans la flaque. Elle y peint quelque chose. Elle regarde l'image qui se délite. Reprend à zéro. Peint une quantité d'images qui se délitent. C'est un jeu absurde, et pourtant un jeu heureux. La petite fille n'arrête pas de rire. Je me demande souvent pourquoi l'on n'en est plus capable, être follement heureux. Pourquoi, en grandissant, on se retrouve où que l'on soit dans un espace confiné et bas, pourquoi l'on va tout au plus d'un espace à un autre, alors qu'enfant on était dans une pièce sans murs. Car j'ai gardé cela ainsi dans mon souvenir : lorsque j'étais petit, mon gîte était tout mon présent. Ni le passé ni le futur ne pouvaient quoi que ce soit contre moi, et comme il serait beau que ce soit encore ainsi aujourd'hui. Si, par exemple, on pouvait travailler par dévouement, sans effort, et pas pour le résultat.

Une fois de plus, il se mordit les lèvres à blanc.

Je soupirai, anticipai son soupir.

Il mêla son soupir au mien et dit : Ce serait vraiment très beau.

49

Pour moi, en tout cas, le train est parti, et je suis heureux qu'il soit parti sans moi. Aussi loin que remonte ma mémoire, je n'ai jamais eu l'intention d'atteindre un objectif quelconque. Pas de mon propre chef, je veux dire. Les bonnes notes n'étaient pas pour moi, mais pour mes parents qui pensaient que je deviendrais un jour quelque chose de solide. C'était leur ambition, pas la mienne. C'était leur conception d'une vie orientée vers l'avant.

L'uniforme scolaire, je l'ai encore. Il est accroché dans le plus sombre recoin de ma chambre, un habit sans contenu. Il ressemble à l'un de ces personnages que l'on rencontre dans les rêves. Tu ne le connais pas, et tu ressens malgré tout une singulière parenté. À y regarder de plus près, il s'avère que c'est ton ombre.

Si je passais l'uniforme aujourd'hui, je le remplirais difficilement. Ce serait une vision ridicule, autant que l'impression que je me faisais à l'époque, lorsque je le portais. Une personne déguisée en élève, qui prétend apprendre quelque chose mais désapprend en réalité tout ce qui est important. C'est aussi l'une des raisons pour lesquelles je suis un *hikikomori*. Parce que j'aimerais apprendre de nouveau à regarder. Depuis mon lit je regarde la fissure que j'ai creusée jadis dans le mur sur un coup de colère. Je la regarde jusqu'à ce que je sois presque entièrement entré en elle. Le temps a des plis, il est l'un d'entre eux. Je regarde à l'intérieur pour me rappeler les nombreux moments où j'ai regardé ailleurs.

50

J'avais quatorze ans. Un collégien moyen. Mes notes étaient bonnes, mais pas trop, afin de préserver une médiocrité dont dépendait ma survie – c'est ce que j'avais appris jusque-là. Il s'agissait d'être normal. Dans aucune circonstance, quoi que ce soit d'autre que normal. Car celui qui se fait remarquer s'attire l'irritation de ceux qui, ennuyés par leur normalité, ne trouvent rien de mieux à faire que de le tourmenter, lui qui est différent. Et qui veut cela ? Qui se livre volontairement à la torture ? Par conséquent, on se soumet et l'on est reconnaissant d'appartenir au nombre de ceux qui ne sortent pas du lot.

Mais Takeshi. Lui sortait du lot. Kobayashi Takeshi.

Il avait grandi en Amérique, il venait tout juste de rentrer. Lorsqu'il disait New York ou Chicago ou San Francisco, il le disait comme s'il allait y être d'une seconde à l'autre, en tournant au coin de la rue. Son anglais était un fleuve, je ne me lassais jamais de l'écouter. Il disait *Hi.* Et *Thank you.* Et *Bye.* De sa bouche, les mots venaient comme un vent souple. Trop souple au goût de certains, qui guettaient tous ses faits et gestes. Un jour, il eut une dent de moins. Il zézayait : Je suis tombé. La dent fut remplacée, le cheveu sur la langue resta. Et pire encore. Il commença à commettre des erreurs. Lorsque le professeur d'anglais lui demandait de dire quelque chose à voix haute, il faisait des lapsus. Lorsqu'il le priait de lire un texte, il se trompait dans sa lecture. Peu à peu, il perdit la faculté de faire courir sur ses lèvres la langue avec laquelle il avait grandi, la langue qui avait jadis été sa terre natale. Il alla même jusqu'à imiter notre accent. Il disait San Furanshisuko et était d'un seul coup loin, loin de nous. Un lieu hors de portée. Il était atroce de l'entendre se forcer ainsi. Avant chaque mot qu'il prononçait, il s'arrêtait un bref instant et en portait le deuil.

Ce qu'il y avait de fatal, là-dedans : j'aurais pu être lui. Mais j'ai été épargné. Tout de même, j'étais l'observateur, et l'on avait besoin de quelqu'un comme moi pour regarder, puis pour détourner le regard. J'alimentais justement ma médiocrité en faisant comme si je n'avais rien vu. Et ce qu'il y avait de paradoxal, là-dedans, c'est que j'étais passé maître en la matière. À quatorze ans, déjà, je savais rester consciencieusement aveugle à la souffrance d'un autre. Ma compassion se limitait à être le témoin muet.

Hum.

Et de nouveau hum.

Il fredonnait une chanson. Tirait sur sa cigarette. Fredonnait de nouveau. Un petit tas de cendre lui tomba sur la poitrine, un petit coup de vent l'emporta. Le tintement d'une sonnette de vélo. J'aurais volontiers pleuré. Depuis les buissons tombaient les pétales, d'un jaune tendre.

Takeshi n'était pas le seul, n'est-ce pas ?

Non. Il y avait aussi Yukiko.

Hum.

Miyajima Yukiko.

Le nœud que j'avais dans la gorge se resserra. Ce lundi-là, je ne pus rien dire de plus que son nom.

51

On dirait qu'il va pleuvoir. Il bâilla.

Je suivis son mouvement vers le ciel pâle et trouble.

Demain. On est quoi, demain ? Exact. Mardi. La semaine vient tout juste de commencer. S'il pleut… Il alla pêcher une petite carte dans sa poche. Et griffonna, la pointe de la langue en avant, en gros caractères : MILES TO GO. Un bar de jazz. S'il pleut, dit-il, je suis là-bas.

Mais.

Quoi, mais ?

J'étais pris d'un vertige. L'idée que je doive passer devant des chaises et des tables, traverser une salle suant d'êtres humains, m'asseoir, croiser le regard du serveur, porter les lèvres à un verre où Dieu sait qui aura posé les siennes auparavant. Moi qui en étais encore à m'habituer au parc et à notre amitié, cette idée dépassait la mesure de possible à quoi je pensais pouvoir faire face.

C'est juste que. Je bredouillais. Dehors il y a plus de place entre les gens.

Je comprends. Il s'était levé. Alors rendez-vous au prochain rayon de soleil. Il était six heures. Au dos de la petite carte, je lus son nom, Ōhara Tetsu, et son adresse. Une carte de visite. Je suis un lâche, me dis-je. Et : Encore quelque chose que, dans ma chambre, dans le tiroir, sous la pierre séculaire – je ne menai pas cette pensée à son terme.

52

En vitesse, en vitesse. Traverser le couloir. Qui souriait donc là ? La photo du voyage à San Francisco qui n'avait jamais eu lieu était accrochée au mur comme si je ne l'avais jamais retournée, soigneusement remise d'aplomb et dépoussiérée. La main de mon père sur mon épaule. Le *cheese* de maman criait depuis le cadre. Moi, boutonneux, la casquette de travers, l'index et le majeur tendus pour un « V » de la victoire. Un instant saisi par le gel. Un grain de sable dans le sablier. Il allait sous peu franchir l'étroit goulot. Quelques grains de sable plus tard, et je m'ébrouerais pour chasser la main de mon père. Le *cheese* de ma mère se désagrégerait. Mais qu'est-ce qu'il a, ce garçon ? Laisse-le. C'est une phase. La vérité, c'est : vous préfériez ne pas le savoir. La vérité, c'est : je préférais ne pas vous le faire savoir. Nous avions conclu un pacte : mieux vaut ne rien savoir les uns des autres. Et ce pacte est ce qui maintient la cohésion des familles sur plusieurs générations. Nous étions des porteurs de masques. Nos visages, en dessous, n'étaient plus reconnaissables, parce que nous ne faisions plus qu'un avec nos masques. Les enlever était douloureux. Tellement douloureux que la douleur de ne pouvoir rencontrer personne en direct était plus supportable que de montrer sa véritable face. Ce moi photographique le savait déjà. Il savait qu'il n'y a pas de meilleur lieu pour se cacher, aucun trou de souris plus idéal que la famille. Celle-ci est le carré vide aux bords jaunis qui reste lorsqu'on ôte un tableau du mur. Je l'enfonçai sans bruit dans la poubelle, devant la porte. Revins à pas de loup dans la chambre, par le couloir. Il fallut que la porte se fût refermée devant moi pour que je me demande si mon moi *hikikomori*, ma parfaite indifférence au monde n'étaient pas eux aussi une mascarade. Ma réponse : Je suis fatigué.

53

Deux jours s'écoulèrent. Tambourinement des gouttes de pluie. Par la fente des rideaux, je vis que le ciel était cousu. Pas une déchirure en vue dans les nuages. Je faisais les cent pas. Un animal en cage qui rêve des vastes steppes. Je ne cessais d'effleurer les barreaux, fer froid sur la fourrure de la nostalgie. Le troisième jour, enfin, je me pris moi-même par surprise et m'évadai. La cage n'était qu'une pensée.

La pluie dégoulinait depuis les toits en saillie. Je courais, le parapluie en biais devant moi, les chaussures pleines d'eau. MILES TO GO. Je m'étais proposé de passer au moins devant la vitrine. De passer devant les lettres lumineuses, scintillantes, et peut-être d'y jeter, à la dérobée, un regard furtif. Peut-être. C'est avec ce peut-être en tête que je rôdais, animal évadé, un lion ou une panthère, dans les rues fouettées par le vent et la pluie.

C'était forcément là-bas, devant. Le peut-être était entré dans ma poitrine et, de là, dans toutes les parties de mon corps, il me poussa vers l'avant jusqu'à ce que j'aie atteint la porte, que je sois passé devant elle, au coin de la rue, autour du pâté de maisons, et de nouveau : devant, au coin de la rue, autour du pâté de maisons. Je ne peux pas dire combien de fois. Dans mon souvenir, j'ai marché des kilomètres. Lorsque j'ai finalement touché la poignée, j'étais épuisé comme par un long voyage.

La fumée était en suspension dans le café. Léger tintement de verre. Un rien retenu, rien. Quelqu'un téléphonait. La fonte d'un cube de glace. Il y eut un craquement. La lumière était tamisée. Hiro ! Sa voix était un fil. Elle me ramena vers la bobine. Viens, assieds-toi. Qu'est-ce que tu veux boire ? Un Coca ! Il claqua des doigts. C'est bien que tu sois là. Je m'enfonçai dans la garniture moelleuse d'un fauteuil en cuir.

54

Il n'avait pas la même allure que dans le parc. Plus grand, d'une certaine manière. Sans le ciel au-dessus de lui, c'était un homme d'assez grande taille. Tandis que moi, qui ne cessais de rapetisser, je ne savais pas où je devais porter mon regard. Le verre givré devant moi, je sentais que j'avais été pris au piège. Qu'est-ce que j'avais au juste à voir avec lui ? Comment se faisait-il que moi, le cou dans le collet, je sois venu écouter un trompettiste en compagnie d'un inconnu, et au milieu d'inconnus ?

Tout simplement fabuleux ! Il se balançait au rythme de la musique. On perd tout sens de l'espace et du temps. Qu'est-ce qui se passe ? Tu te sens mal ? Tu as perdu tes couleurs ! Qu'est-ce que je peux faire ? Tu as besoin de quelque chose ?

Je fis un signe négatif.

Mais bien sûr ! Tu t'es fait violence ! N'aie pas peur, la violence est derrière toi. Un élément apaisant : il ne se passe rien. Tu vas voir. Ce n'est pas un lieu où il se passe des choses, et chacun de ceux qui s'y rendent y vient parce que tel est le cas. On pénètre dans une capsule de musique hors de l'espace et du temps. Pourquoi, à ton avis, ai-je choisi ce café ? Uniquement parce que j'étais certain qu'il ressemblerait à ta chambre. C'est bien comme ça. Tiens, le sang t'est un peu remonté aux joues. Sur ces mots, il se mit à rapetisser et moi à grandir, jusqu'à ce que nous ayons retrouvé tous deux notre taille d'origine. La seule chose qui continuait de me perturber, c'était la perception du courage que j'avais en moi. Il avait fallu du courage pour venir ici, il avait fallu du courage pour me confier à lui.

55

To want a love that can't be true. Une voix de femme, gutturale.

La chanson préférée de Kyōko. Il éclata de rire. La chanson qu'elle passe quand elle a envie de pleurer. Amusant, non ? Parfois, l'envie la prend de s'allonger sur le parquet et de l'imprégner de ses larmes. Elle dit que c'est une sorte de purification. Cela lui purifie les yeux, dit-elle, ensuite elle y voit plus clair. Ce n'est pas par tristesse qu'elle pleure. Elle pleure pour se faire une vision plus claire des choses de la vie. Les yeux, dans sa bouche cela sonne comme une maxime toute neuve ou qu'elle vient juste de retrouver, sont les fenêtres par lesquelles regarde l'âme. Suis-je prêt à le comprendre ? Suis-je prêt à le supporter ?

Nous étions passés par une marieuse. On m'avait montré une photo de Kyōko. Vingt-trois ans, dactylographe, aime lire et chanter, dessine. Père employé de banque, mère au foyer, ni frère ni sœur. Voilà comment on me l'a décrite. Un gentil visage face à l'objectif, les mains soigneusement jointes sur les genoux. Mais la coiffure ! Pas vraiment avantageuse. J'ai accepté de la rencontrer, sans avoir d'elle une idée particulière. Elle m'a plu et elle ne m'a pas plu. Au fond, j'ai cédé à la pression de la famille. J'avais vingt-cinq ans et un métier bien payé. Ce qui me manquait, c'était une femme et un enfant, un foyer douillet. À en juger d'après le modèle de mes parents, ce n'était ni quelque chose de souhaitable ni quelque chose d'indésirable. C'était juste qu'on attendait ça de moi et que je l'attendais moi-même aussi parce qu'en tant qu'être humain, on n'est pas complet tant qu'on n'en a pas un autre à côté de soi.

56

Nous nous retrouvâmes dans un hôtel, pour le dîner. Mes parents, plus nerveux que moi. Okada-san, la marieuse, avec les commissures des lèvres crispées et tirées vers le haut. Une poupée de cire, elle aurait pu à n'importe quel moment devenir très très tendre, à n'importe quel moment devenir très très dure. Je la trouvai à la fois aimable et antipathique. Il y a des gens comme ça. Ils ne vous donnent rien pour les juger. Ah ! Les voilà déjà ! Elle fit signe avec sa main de cire. Matsumoto-san ! Un mouvement raide. Je faisais face à une femme qui n'avait pas la moindre ressemblance avec celle de la photo.

Gentille, tu parles. Il éclata de rire. Elle se comportait comme une personne ayant pris la ferme résolution de se rendre désagréable. Les lèvres froncées, elle me toisa de haut en bas et dit : Une fois de plus, on voit comment on peut se tromper. Une photo, ça n'est qu'une copie. En comparaison l'original est inintéressant. Elle prononça ces mots en souriant. Le coup porta.

Elle aime lire et chanter, souligna avec une singulière insistance Okada-san. Ce que je préfère, dit Kyōko en lui coupant la parole, ce sont les livres et les chansons racontant l'histoire d'une fille qu'on marie et qui ne le veut pas. Silence consterné. Okada-san se tapota le front et les sourcils avec un mouchoir, les parents picorèrent dans leur assiette, embarrassés. Au cas où vous ne l'auriez pas remarqué – Kyōko parlait la bouche pleine –, sur la photo je porte une perruque. J'avalai de travers. Me mis à tousser. Elle se leva et me donna un coup dans le dos. Voilà, maintenant vous savez que je peux taper fort. Je ne sais pas seulement lire et chanter. S'il le faut, je peux vous donner un coup que vous n'oublierez pas de sitôt. Oh ! comme c'est gentil, s'interposa Okada-san, elle a de la présence d'esprit. Une qualité qui manque souvent aux jeunes filles. Je partis d'un rire incontrôlable. Excusez-moi ! Rien à excuser. Un homme ne devrait pas s'excuser pour son rire, ni une femme pour les larmes qu'elle pleure. Parfois – Kyōko posa sa fourchette et son couteau – j'ai envie de m'allonger sur le parquet et de l'imprégner de mes larmes. Êtes-vous prêt à comprendre ça ? Êtes-vous prêt à le supporter ? Elle maintenait les plis sévères qui lui barraient le front. Son visage, l'original, le menton appuyé sur la main, me regardant droit dans les yeux. Oui, je le veux, répondis-je. Je veux essayer. Elle, surprise, dit doucement : Espèce d'idiot.

57

Il rougit.

Son rougissement n'était pas celui d'une jeune personne qui parle de son premier amour. C'était le rougissement d'un homme devenu vieux qui s'incline devant le premier et le dernier amour de sa vie. C'était un rougissement translucide. Il transparaissait sur sa peau molle et, l'espace de quelques secondes, illuminait tout l'espace autour de nous. Je rougis avec lui. Un craquement. Un frottement. Le disque était terminé. Quelqu'un cria : Encore Billie Holiday ! Marmonnement d'approbation, les clients trinquèrent d'une table à l'autre en levant leur verre.

Vous ne trouvez pas ça bizarre ? Plus que de toute autre chose, j'étais tombé amoureux de l'« idiot » de Kyōko. De son regard droit et libre. Qui me perçait à jour. Je voulais qu'elle me perce à jour.

Mais c'était difficile. Chaque fois que nous nous rencontrions, elle allait dans une autre direction. Je crois qu'elle ne savait pas laquelle. Elle y allait, tout simplement, pas nécessairement dans l'espoir d'arriver quelque part, mais par pure joie d'être en chemin. Je suis une plante, disait-elle, j'ai besoin du feu, de l'air, de la terre, de l'eau. Autrement, je m'étiole. Et : Le mariage n'est-il pas un étiolement de ce type ? Le feu s'éteint. L'air se fait rare. La terre sèche. L'eau se tarit. Je crèverais. Toi aussi. Elle jeta ses cheveux sur les épaules. Lilas, lavande. Et dans le cas contraire, répliquai-je. Si, justement, le quotidien, notre quotidien, est la promesse que je te fais ? Tes brosses à dents à côté des miennes. Tu es fâchée parce que j'ai oublié d'éteindre la lumière de la salle de bains. Nous choisissons des papiers peints que nous trouvons hideux un an plus tard. Tu dis que je prends du ventre. Ton étourderie. Une fois de plus tu as laissé ton parapluie quelque part. Je ronfle, tu ne peux pas dormir. En rêve je chuchote ton prénom. Kyōko. Tu noues ma cravate. Tu me fais signe quand je pars au travail. Je me dis : Tu es un drapeau au vent. Je me le dis avec une douleur perçante à la poitrine. Dieu du ciel, ça ne suffit pas ? Ça n'est pas assez pour être heureux ? Elle se détourna : Donne-moi du temps. Je vais y réfléchir.

58

J'attendis. Pendant un mois. Puis, enfin, vint une lettre. Son écriture. Ronde. Elle avait glissé des fleurs séchées dans l'enveloppe. Ma réponse est oui, lus-je : oui, j'aimerais perdre mille parapluies tant que tu n'as pas de ventre. Je répondis par lettre. Carrée. Allons choisir des papiers peints.

C'est elle. Ma femme. Il avait sorti une photo de son portefeuille. Ma première pensée a été : maman. Ma deuxième : elle veut réparer ça. Elle veut pleurer.

Nos noces, reprit-il, ont eu lieu quelques semaines plus tard dans un sanctuaire shinto. Okada-san était là, un trait de culpabilité autour de la bouche. Il n'y avait plus aucun doute : c'était une personne antipathique, extrêmement antipathique. Je suis désolée, voulait-elle dire. Au lieu de cela, elle dit, de la cire qui durcissait : Puisse votre bonheur être durable ! Kyōko l'en remercia d'un sourire innocent : Qu'est-ce qui est durable ? Nous sommes un feu d'artifice. Nous brûlons, nous nous consumons, nous crachons des étincelles déjà éteintes.

Café noir. Un petit pot de lait versé dedans. Deux bâtons de sucre. On remue lentement. La cuiller goutte. Il la pose précautionneusement. Notre premier matin. Comme du café dans lequel on verse du lait et du sucre. Je me réveillai, Kyōko n'était pas là. Son empreinte encore dans son oreiller, un cheveu piqué dans le tissu. Le drap encore chaud, je glissai la main sous la couverture. De la cuisine venaient les bruits du café qui passait. La cafetière, un cadeau de noces. J'avançai à tâtons, pieds nus, dans le corridor. Je m'arrêtai près de l'entrebâillement de la porte, je vis juste ce que l'on pouvait voir à travers cette ouverture. Son dos, légèrement penché, au-dessus de la cuisinière. Le grésillement d'une poêle. Son doigt dans un récipient, un geste rapide, pour goûter. Une pincée de sel, un peu de poivre. Elle éternua. Pour éternuer, elle se tourna. Sa voix, une clochette aiguë : le petit déjeuner est prêt. Sur le buffet, enveloppée dans un tissu bleu, se trouvait la boîte à bento. Pour toi. Elle ajouta une pomme. Une nature morte.

Et cela aussi était une décision.

J'ai entendu dire une fois que la première matinée commune décide de tout et pour longtemps. C'est une définition. Elle détermine qui est le premier à se lever, qui fait le café, qui prépare le petit déjeuner. Kyōko aurait tout aussi bien pu rester au lit, se retourner et marmonner : Achète-toi quelque chose en route. Ce qui décida de tout, ce qui me coupa le souffle, debout devant la porte entrebâillée : je ne l'en aurais pas moins aimée.

59

Nous avions ajourné notre lune de miel. Dans l'entreprise on avait encore besoin de tout le monde, et les choses étant ce qu'elles sont, nous ne sommes jamais arrivés à la rattraper. Les vieux guides de voyage, Paris, Rome, Londres, empoussiérés. C'était il y a peu, je les ai retrouvés tout en bas des étagères. Des coins de page repliés ici et là, des notes. Kyōko m'avait marqué au feutre toutes les curiosités qu'elle voulait visiter. La tour Eiffel, le Colisée, le Tower Bridge. Une foule de cœurs. Sur l'une des pages je suis tombé sur un dessin, un portrait de moi. Tetsu, fumant, à Montmartre, lisait-on en dessous. Le trait était fidèle. Le bouton du haut de ma chemise ouvert. Du vent dans les cheveux. Le regard tourné vers le lointain. Mon moi, plus jeune. Cela m'interpella. Je n'avais rien à y opposer, je refermai le livre avec un claquement bruyant.

Qui aurais-je pu devenir.

Qui étais-je devenu.

Qui serai-je quand elle déterminera qui je suis.

Kyōko le sait déjà. J'en suis sûr. Elle attend juste que je baisse la tête devant elle de ma propre initiative : C'est toi qui avais raison. Il n'y a pas de quotidien heureux. Il faut chaque matin se battre de nouveau pour lui. Il toussota. Le cendrier entre nous était plein à ras bord. Nous n'avons même pas réussi à aller à *Miyajima.*

60

Miyajima. Un mot clef. Il le répéta : Miyajima. Comment s'appelait-elle, au fait ? Était-ce Yuriko ? Yukiho ? Je l'ai sur le bout de la langue. Yukiko ? Oui ? L'enfant-neige, donc. S'il te plaît parle-moi d'elle. Je n'aurais rien à présent contre l'idée de fermer les yeux et de me contenter d'écouter. Il est plus facile de parler sans être vu. Plus facile d'écouter sans voir. Il inspira profondément. Puis il se radossa sur son siège, les yeux fermés.

Les Miyajima étaient nos voisins, commençai-je. Leur maison tout à côté de la nôtre. Petit garçon, j'avais huit ans, j'allais souvent sonner chez eux et demander Yukiko. Elle était le seul enfant de mon âge dans le voisinage, et bien que mes parents n'aient pas pu souffrir les siens – on ne savait pas d'où ils venaient, disait-on –, ils acceptèrent que nous deux, qui étions des enfants, après tout, jouions ensemble de temps en temps devant le temple, à quelques pâtés de maisons de là. Trop de mots dans une phrase. Je sais. Trop de mots qui ne peuvent dire à quel point nous étions sans préjugés, elle et moi, dans un monde qui fait des distinctions. Où un mot suffit à séparer l'un de l'autre.

Je sonnerais, dis-je. La mère de Yukiko passerait la tête par la porte et craillerait : Elle arrive tout de suite. La porte se refermerait, puis se rouvrirait au bout de quelques minutes. Une odeur de moisi, chaque fois qu'elle se fermait et s'ouvrait, une odeur de moisi aussi sur les vêtements de

Yukiko. Elle portait un corsage, du ruché sale, une jupe trop grande pour elle et qu'elle avait nouée sur les hanches avec de la ficelle d'emballage. Le lacet de l'une de ses chaussures était cassé. Pauvre petite fille, entendais-je dans la bouche des gens quand nous passions en trombe devant eux, et ces mots étaient déjà recouverts par le rire de Yukiko : Aujourd'hui nous allons voler ! Elle écarta les bras et vola, devant moi, jusqu'au pin tordu, et ses ailes se refermèrent autour de son tronc. Une oreille contre l'arbre, elle piailla : Il vient tout juste de grandir d'un millimètre.

61

C'étaient des journées où nous ne touchions pas le sol. Je veux dire que, réellement, nous volions. Les terrains du temple étaient le ciel dans lequel nous filions à tire-d'aile. Nous cueillions des fleurs et les posions sur des tombes inconnues. Nous attrapions des cigales. Des papillons. Des libellules. Nous les libérions dès que nous les avions capturés. Libres nous-mêmes. Lorsqu'il faisait chaud, nous nous renversions des baquets pleins d'eau sur les bras et les jambes. Mouchetés de piqûres de moustiques. Nous courions après les chats du temple. Écoutions le chant somnolent du moine. C'était un bossu noir. Parfois il se retournait vers nous. Enfants de Bouddha, criait-il alors. Et il nous lançait un bonbon à chacun. Voilà le goût de la révélation, tellement sucré.

À la maison je parlais rarement de Yukiko. Quand on

m'interrogeait à son propos, je sentais que ce n'était pas par intérêt, mais par une sorte d'inquiétude. Il faut tout de même savoir qui l'on fréquente, disait maman. Et : Les relations vous forgent, selon qu'elles sont bonnes ou mauvaises. C'est en m'accompagnant de ce genre de maximes qu'elle me laissait filer, et jusque dans ma course j'avais l'impression que quelqu'un m'attrapait grossièrement. Était-ce le ton de ma mère ou la manière dont elle plissait la bouche lorsqu'on en venait à parler de Miyajima, quelque chose en tout cas me révélait qu'il était dangereux de trop en révéler. Je gardai ainsi pour moi le fait qu'il manquait deux boutons à la veste de Yukiko, et je gardai aussi pour moi le fait que cela m'était parfaitement égal.

Mais le sentiment d'une menace indistincte perdura. Un petit aiguillon dans ma poitrine, il s'enfonçait peu à peu, et même le plus petit, le plus minuscule des aiguillons déchire la chair pourvu qu'il soit planté assez profond. On le ressent comme un corps étranger qui force notre corps, peu à peu, à se mettre à genoux.

62

Comment se fait-il que tu sois aussi différente ? demandai-je un jour – nous étions assis à l'ombre des pins. La réponse de Yukiko, une phrase apprise par cœur : Parce que je suis tombée d'une étoile.

D'une étoile ? Je retins mon souffle.

Elle acquiesça. Mes parents m'ont trouvée. Dans un carton

au bord de la rivière. J'avais un morceau de papier accroché au cou. On y lisait que j'étais la princesse de la Lyre, destinée à mener loin de ma patrie la vie d'une Terrienne. Mais chut ! C'est un secret. Si quelqu'un en entend parler, je le jure, je me dissous en poussière d'étoile.

Et tes vêtements ? Ma curiosité était éveillée.

Elle serra les paupières, réfléchit les yeux mi-clos, les rouvrit et s'exclama : Un déguisement ! Tout cela est un déguisement ! Pour ne pas me dissoudre, je porte un habit de mendiante. Les extrémités de la ficelle d'emballage enroulées autour du petit doigt, elle ajouta en chuchotant : Parfois j'ai le mal du pays.

Je dis : Moi aussi.

Ça veut dire que tu me crois ?

Oui. Je te crois.

Et tu me promets de ne pas me trahir ?

Je te donne ma parole.

Sa main dans la mienne.

Amis. Pour toujours et à jamais.

De la pointe d'un couteau de poche nous avons gravé nos noms dans l'écorce. Notre arbre de l'amitié, proclama Yukiko. Elle avait tiré un fil rouge de la poche de sa jupe, elle le noua autour de l'une des branches et continua de déclamer : Le fil rouge doit nous rappeler que nous sommes liés l'un à l'autre. Comme je me suis confiée à toi, tu as une dette à mon égard. Et comme tu as promis de ne pas me trahir, j'ai une dette envers toi. Entente solennelle. L'ombre continua de se déplacer. Bien au-dessus de nous, le soleil, il ruisselait, des aiguilles pointues, sur nos têtes.

63

Nous eûmes neuf ans. Puis dix. À chaque année qui s'écoulait, la perception que j'avais des choses devenait plus précise. Ou bien, en réalité, elle se troublait. Ma foi dans les contes de l'enfance commença à vaciller au fur et à mesure que je la remettais en question, et soudain je vis avec des yeux qui vérifient, des yeux qui doutent, des yeux qui ne voient plus rien du tout. Mon regard était troué, comme les bas filés de Yukiko. Au bout du compte, ce que disaient mes parents était vrai. Je n'avais aucune idée de qui je fréquentais, et même si je continuais de me moquer totalement de savoir si les fréquentations qui forgeaient ma personnalité étaient bonnes ou mauvaises, je ressentais une colère croissante à l'idée que Yukiko me dissimulait la vérité sur elle et sur son origine.

D'où viens-tu ? tentai-je de lui faire avouer. Nous étions assis dos à dos et arrachions des brins d'herbe. Le fil rouge au-dessus de nous avait pâli. Dis-moi, d'où ? D'où viens-tu réellement ? Ses épaules se pressèrent doucement contre les miennes. Mais tu le sais bien. Qu'est-ce que je sais ? Je ne peux pas te le dire. Mais pourquoi ? Tremblement des omoplates. Pourquoi pas ? Silence osseux. J'arrachai une touffe d'herbe entière et la catapultai contre le mur du temple. Pardonne-moi je te prie. Elle s'écarta un peu de moi. Crevasse froide entre nos dos, le vent s'y engouffra. Je lui aurais volontiers dit : Ça va comme ça. Je te pardonne. Mais voilà, la colère me retint, une douleur furieuse.

64

Le lendemain – j'avais sonné chez les Miyajima –, sa mère passa la tête à l'extérieur, comme d'habitude, et crailla : Elle arrive tout de suite. La porte se ferma, cela sentait le renfermé et la moisissure. J'entendis de l'intérieur un appel d'abord bruyant, puis un chuchotement de plus en plus discret. Comment ça, tu ne veux pas le voir ? Qu'est-ce que c'est que cette idiotie, comment ça, tu as honte ? Le murmure s'interrompit. Dans la maison, le silence régnait à présent, un cri, un seul, finit par le percer : Je ne peux plus. Ensuite, le silence régna de nouveau. La porte s'ouvrit, libérant une odeur de putréfaction. La mère passa la tête à l'extérieur. Une autre fois, si tu. Demain, peut-être. Peut-être après-demain. Ma fille, la princesse, a ses humeurs.

Innombrables, toutes les autres fois où je me suis tenu devant la porte et où j'ai sonné. Derrière, Yukiko, une étoile clignotante. Sa clarté brillante fait illusion, elle est éteinte depuis longtemps. Les yeux des voisins dans la nuque, je m'étirai en vain vers cet astre. Ses paroles dans les oreilles, je fus bien forcé de constater qu'il dérivait dans le cosmos, à des années-lumière de moi. Chez les Miyajima, on mange des chiens et des chats. Chez les Miyajima, on fait griller des fourmis. Chez les Miyajima, on boit à la citerne d'eau de pluie. Chez les Miyajima… On s'écorchait la bouche à leur propos. Dans notre quartier, ils étaient le point sensible, celui où s'enflammait l'angoisse de l'autre. Cette angoisse-ci : on pourrait devenir comme eux. Mes parents aussi en étaient pénétrés. Je le vis à leur satisfaction manifeste lorsque je me retrouvai assis au dîner, la tête basse. Les amis, ça va, ça vient, me disait-on. Mieux vaut que tu t'y fasses. Un jour tu te retourneras sur le passé et tu comprendras que tout a un sens, que tout a un ordre. Des phrases creuses, dont la vacuité m'excavait. Je n'avais rien à leur opposer. Avec mon dernier reste de résistance, j'écrivis une lettre. Chère Yukiko, écrivis-je, retrouvons-nous une fois près de notre pin. Je veux te voir et comprendre. Prendre congé. Te dire que. Je gommai ces derniers mots jusqu'à ce que le papier soit devenu mince et froissé.

65

To want a love that can't be true. Un vif tressaillement sous ses paupières. Je m'arrêtai. La chanson tournait sur elle-même en craquant. À la table voisine un homme commanda d'une voix atone un whisky-soda. Quelqu'un souleva le rideau. Pluie battante. Le rideau retomba lourdement sur la fenêtre. Le café, un instant désenchanté par la lumière du jour, avait replongé dans la magie de son obscurité. Inouï, que j'aie pu croire qu'à l'intérieur il n'y avait pas de place entre les gens. Chacun était assis dans son fauteuil, comme englouti, en proie à ses propres réflexions. Elle est venue ? demanda-t-il, les yeux toujours fermés. Dans la fumée crépusculaire qui nous entourait, sa cravate avait cessé d'être rouge et gris. Elle était grise, seulement grise.

Était-elle venue ? répéta-t-il. Et comme je ne répondais rien : Mais elle est tout de même forcément venue, n'est-ce pas ? Elle est venue ! Il prononça ces mots de manière tellement pressante qu'on aurait juré que je n'avais pas été le seul à attendre sa venue, que lui aussi s'était trouvé dans la même expectative. Comme si nous avions tous les deux dépendu de son retour.

Oui, finis-je par dire. Yukiko est venue.

Ah bon, tout de même ! Il respira.

Mais…

… quoi ?

Elle était devenue une inconnue. Moins de quatre mois après, je la reconnus à peine. Elle portait un uniforme scolaire, avait l'air d'une petite fille ordinaire, sa queue-de-cheval se balançait. Lorsqu'elle marcha dans ma direction, elle regarda de côté, embarrassée. Elle s'arrêta devant moi, tête basse. Alors seulement je la reconnus à son odeur. Une telle gêne. J'avais envie de lui faire mal. Je la pris par les épaules, mes mains de onze ans. Je la secouai. Je la frappai au visage, ce qu'elle laissa faire sans rien dire. Pourquoi ne me regardes-tu pas ? Je lui levai le menton. Tu dois me regarder. Au moins cela. Je te hais. Tu entends ? Je te hais de me forcer à appartenir au groupe des autres. De ceux qui disent. Enfin elle me regarda : Ce qu'ils disent est vrai. Nos yeux accrochés. Près. Plus près. Je lui donnai un baiser.

Loin. Plus loin. Quelque chose était arrivé à son terme. Je la repoussai, elle tourna les talons et partit. Marcha, tel un oiseau sans ailes, sur le parvis de sable. J'en ai fini avec toi, criai-je. Définitivement fini. Mais à ce moment-là, chaussettes blanches, elle avait déjà disparu derrière les forêts. On entendait, venu du temple, comme un grondement, le *Sutra du cœur*.

66

Comment décrire l'amertume ? J'étais un verre, un verre brisé, et l'espace que j'avais jadis embrassé ne faisait plus qu'un désormais avec l'espace autour. Étendue déserte où je m'égarais, des couteaux tranchants sous les pieds. À chaque pas il devenait plus improbable que j'arrive jamais quelque part.

Pendant un certain temps j'évitai de passer devant chez les Miyajima. Au lieu de prendre à droite, je tournais à gauche, au lieu d'aller tout droit je faisais des détours, et si c'était inévitable j'empruntais la rue adjacente. Je tremblais à l'idée que Yukiko pourrait se tenir à la fenêtre ou remonter la rue à ma rencontre. Cette idée me rendait étroit et petit. Elle pourrait me montrer du doigt, elle pourrait me rappeler ma faute. J'en étais presque à le souhaiter. J'étais si étroit et petit que j'en étais presque à souhaiter qu'elle se montre plus mauvaise amie que moi.

Mais elle ne l'était pas.

J'eus assez tôt oublié que nous eussions jamais été amis, et quand je l'oubliai, ce qui s'était produit perdit de son importance. Mon oubli effaça sur mes lèvres le goût de ses lèvres. Je ne me rappelais plus que très faiblement le moment où elles étaient entrées en contact. S'était-il même agi d'un baiser ? Il me semblait que cela avait plutôt été un effleurement. Mais même cela, je l'oubliai.

67

Je dois dire à ce propos : éluder était un exercice facile.

Bien que les Miyajima aient été nos voisins directs, des années s'écoulèrent sans que je rencontre l'un d'entre eux. Le père, racontait-on sous le manteau, était cloué au lit par une maladie ; quant à la mère, on disait qu'elle se livrait à des occupations nocturnes. Quoi que l'on ait voulu exprimer par là, il était extrêmement rare qu'on l'aperçoive, et quand c'était le cas elle filait à toutes jambes, la chevelure en bataille retombant sur le front, chargée de sacs et de cabas. Tantôt on disait qu'elle transportait des marchandises prohibées, tantôt qu'elle était folle, et pour finir on en resta là : elle était folle. Même si personne ne pouvait affirmer l'avoir vue, on pouvait tout de même au moins prétendre que sa folie était inscrite sur son visage. Ce genre de choses se voit, telle était la conclusion unanime, ce genre de choses se voit sans qu'on ait à regarder. Seul le fait que Yukiko, la petite fille pauvre, comme on continuait de l'appeler, ait remporté la première place d'un concours de mathématiques, suscita une certaine reconnaissance, mais voilà : Qui donc savait si c'était vrai ? Qui savait si ça n'était pas une histoire inventée ? Une chose était certaine : mieux valait ne rien avoir à faire avec les Miyajima. Et j'en étais persuadé moi aussi, jusqu'à ce que le hasard – j'appelais ça, à l'époque, un hasard idiot – fasse en sorte que nos chemins se croisent une dernière fois.

J'avais seize ans. Une nouvelle année scolaire avait commencé. Dans la classe, on faisait l'appel. Je m'ennuyais, assis, faisant tourner dans ma main un crayon mâchouillé. Autour de moi, trente autres élèves éprouvaient les mêmes sensations que moi. Une fois de plus, les vacances, qui n'en avaient pas été, étaient arrivées à leur terme, et l'on avait le sombre pressentiment qu'il en irait toujours ainsi. Que la vie, qui n'en était pas une, filait constamment vers sa fin.

Fujiwara Rie !

Présente !

Hayashi Daiichi !

Présent !

Kugimoto Sakuya !

Présente !

Miyajima Yukiko !

Présente !

Le crayon se brisa. Je ne levai pas les yeux. Elle était ici ! ici ! ici !

Ōyama Haruki !

Présent !

Taguchi Hiro !

Présent !

Fil rouge, fils du destin. Pour toujours et à tout jamais.

Ueda Sakiko !

Présente !

Yamamoto Aiko !

Présente !

Elle est un dos. Un dos étroit. C'est tout ce qu'elle est. Parfois j'ai le mal du pays. Papillons, jaunes, bleus, verts. La poussière de leurs ailes. L'habit noir du moine. Le *Sutra du cœur*. Monocorde. Je te hais. Tu entends ? Ça m'est égal. Les amis vont et viennent. Tu ne peux pas partir ? Princesse. J'ai une dette envers toi. Chut, chut. Étendues désertes. Le ciel s'effondre. Je voudrais te dire. J'en ai fini avec toi.

La pointe du crayon noir dans la paume de ma main.

Une douleur, passée.

68

Si j'étais parvenu à éviter pendant des années les gens qui vivaient juste à côté, j'arriverais sûrement, c'est ce que je me promis dès le premier jour, à décrire un large cercle autour de la table qui se situait trois rangées devant moi. Il y avait tout de même assez de place pour ne pas se rencontrer et, je l'ai déjà dit : j'avais de l'expérience en la matière. Rien ne m'était plus facile que de décrire les circonvolutions les plus complexes pour éviter quelqu'un. La seule chose que je ne pouvais pas savoir, c'était que je devrais apporter la preuve de ce savoir-faire dès le deuxième jour.

J'ignore totalement qui a lancé la première pierre. Tout a commencé par deux mots prononcés de manière anodine : Elle pue. Je les entendis. Clairement et distinctement : Elle pue. Bruyant éclat de rire, cela aussi, je l'entendis. Puis des index dressés, pas un mot, on fronçait le nez. La voix de Yukiko, un chuchotement : Non, s'il vous plaît ! Nouveaux rires : Elle pue comme si elle avait un poisson sous sa jupe. Quelqu'un l'attrapa. Je le vis. Clairement et distinctement : elle recula sous le coup de la peur. Qu'est-ce que tu regardes ? me lança quelqu'un. Je détournai les yeux. Je n'avais rien vu. Et je ne vis rien non plus les troisième et quatrième jours, pas plus les cinquième et sixième, je ne vis rien du tout pendant toutes les journées qui suivirent celles-là.

Cette puanteur, criaient des bouches grandes ouvertes, puer comme ça, c'est mille yens d'amende. Comment ça, tu ne les as pas ? Tu paieras demain. Bon sang, tu pues comme une truie. Groin, groin. Un hamster mort sent moins mauvais que toi. Eh, princesse des maths ! Comment on divise un bœuf par une vache ? Les deux mots d'abord prononcés de manière anodine se développèrent à grande vitesse pour former au bout du compte tout un corps textuel.

Yukiko aurait eu besoin d'un ami.

D'un qui aurait plaidé en sa faveur.

Mais moi.

Je n'avais pas de bouche. Je ne participais pas au discours des autres et je ne disais rien pour m'y opposer. Il fallait rester à l'extérieur si le monde s'effondrait à l'intérieur. Chaque matin, quand Yukiko entrait dans la classe, sa table avait été retournée et déplacée. Un jour, au tableau, la caricature d'un cochon qui grogne. Il avait une jambe levée. En dessous, son prénom. Elle l'effaça, trait après trait. Yukiko devint Yuki. Yuki devint le néant. L'éponge humide à la main, elle finit par se retourner, un regard qui me cherchait et me trouva, hors champ. Dans ce regard, une grâce, l'éclat de jadis : je le jure, je me dissous en poussière d'étoile. C'est exactement comme cela qu'elle me regardait. Comme pour me dire : je me dissous.

69

Si j'avais. Si j'avais été. Rien n'est plus sinistre que le passé du conditionnel. Les possibilités qu'il esquisse ne sont pas de celles qui se réaliseront, et malgré cela, ou à cause de cela, elles définissent ce qui est survenu dans le réel. Si je l'avais compris à l'époque, d'une manière ou d'une autre, j'aurais été en mesure de faire en sorte que je ne sois pas assis ici aujourd'hui.

Je laissai à Yukiko le soin de se défendre. Mais elle ne fit pas beaucoup plus que se contenter de rester immobile. C'était un cercle de craie magique, et il n'arrêtait pas de rétrécir. On aurait dit un animal qui fait le mort. Pendant un moment, tout alla bien. Mais ensuite, les agresseurs prirent le dessus et ne la lâchèrent pas avant d'avoir débusqué ses points faibles. Un mouvement sans précaution, et ils surent que c'était dans cette direction qu'ils devaient creuser. Le jeu n'en était plus un, il était désormais question de vie et de mort. Sur le chemin de la maison, je ne vis pas qu'on la poussait contre un mur, dans le passage sombre je ne vis pas qu'on la menaçait de coups de poing, sur le parking vide je ne vis pas que sa jupe lui avait glissé au-dessus du genou. Je passai mon chemin, témoin muet, comme j'avais appris à le faire. Si j'intervenais – c'était encore à l'époque un conditionnel présent, une possibilité tout à fait envisageable –, il était assez certain que ce serait mon tour. Mieux valait ne pas attirer les ennuis. Mieux valait changer de trajectoire avant que quelqu'un me voie.

70

Maintenant donc vous savez.

Oui.

Et vous comprenez, à présent ? Que je…

… tu en as assez dit.

Non, pas assez. Ça va encore plus loin.

Un bout de cigarette incandescent.

Aujourd'hui vous faites des heures supplémentaires.

Il avait ouvert les yeux et semblait chercher un point où il pourrait fixer son regard. Clignant des paupières, il commença par le diriger vers moi, puis vers le bar, de nouveau vers moi, puis vers le sol. Plancher grinçant, un ivrogne se perdait sur le chemin des toilettes. Il s'immobilisa entre les tables, désemparé, il aurait fallu que quelqu'un vînt à son aide. Mais il restait là, immobile, un monument dépourvu de sens et d'utilité. C'est trop dommage, balbutia-t-il, et une trompette lui coupa la parole.

Non, pas assez, répétai-je. Mais ma voix était rauque. Peut-être, me dis-je, vaudrait-il mieux, pour lui comme pour moi, nous épargner la fin. Accessoirement, on parla de poissons, on se demanda s'il arrive aux poissons de dormir. Peut-être, me dis-je de nouveau, ferais-je mieux d'en rester là. Une vieille maxime me revint : il est difficile de réveiller quelqu'un qui ne dort pas. L'ivrogne se tenait toujours dans la pièce. Le garçon le contournait comme s'il faisait partie de l'aménagement des lieux. Et de fait, il était totalement immobile à présent, on aurait pu croire qu'il s'était endormi debout. Il fallut que quelqu'un le bouscule pour qu'il se mît à vaciller légèrement d'un côté et de l'autre, avant de revenir au repos. Il fallut plusieurs minutes avant qu'il se mît enfin en marche. Mais au lieu d'aller aux toilettes, il revint à sa place et commanda un autre schnaps.

Je dois aller jusqu'au bout, me dis-je, c'est bien le moins.

Ça va encore plus loin, m'entendis-je dire.

71

On l'a trouvée, les membres disloqués, dans la cour de l'école. Elle s'était jetée du cinquième étage. On déposa des fleurs à l'endroit de sa chute. Des roses déjà fanées, des œillets, des chrysanthèmes. Sur l'un des morceaux de papier qui l'accompagnaient, on pouvait lire : Nous portons le deuil et nous avons honte. Chère Yukiko. Je ne parvins pas à écrire la moindre ligne. D'un instant à l'autre, me disais-je, elle allait forcément surgir de derrière les fourrés et revenir en courant en arrière, la queue-de-cheval battante. Revenir. Jusqu'à moi. Et encore plus loin. Se promener entre les tombes. Un morceau de papier vierge à la main, je partis en courant. Peut-être, peut-être, le sang battait à mes tempes, peut-être m'attendrait-elle là-bas, près du temple. Et nous resterions assis à l'ombre des pins tordus et nous ne tolérerions pas que le vent passe entre nous.

Fils rouges.

Je m'immobilisai, hors d'haleine.

L'arbre était entièrement recouvert de fils rouges. Notre arbre de l'amitié : à chaque branche étaient accrochés cinq fils, un fil pour chaque année passée. Je haletais. Comment avait-elle grimpé aussi haut ? Comment avait-elle atteint la cime touffue ? Nos prénoms étaient montés vers le soleil en même temps que l'écorce. Comment avait-elle pu savoir que je viendrais ici ? Enfin je la vis et je la compris. Et pas tout à fait pourtant. Pour créer pareille œuvre d'art, il faut avoir un secret à garder jusqu'à la fin. Le miaulement du chat du temple. Était-ce toujours le même ? Je le soulevai et tolérai qu'il tende ses griffes dans ma direction. Sang chaud. J'existe encore. Chère Yukiko. Je l'écrivis au creux de mon coude. J'aimerais te dire : Je t'aime bien.

72

Ce qui resta était un trou dans le quartier. Peu après, la maison de ses parents fut évacuée. Depuis la fenêtre de ma chambre, je pus voir des hommes, le nez et la bouche protégés par un masque, sortir toutes sortes d'ordures, de fatras et de déchets. Des carcasses de vélos à ne plus savoir qu'en faire. Des casseroles bosselées. Des revues et des magazines en nombre suffisant pour remplir une fourgonnette. Des radios. Des coussins. Des matelas. Rongés par les souris. Trois caisses d'abat-jour. Et des clous. Et des vis. Il s'était avéré que les Miyajima vivaient depuis longtemps des déchets de leurs voisins. Une honte, dit maman. Elle était juste derrière moi. Tout ce qu'ils ont accumulé ! Regarde ça, notre réveil, il est là ! Elle dit : Notre réveil. Comme s'il nous appartenait encore. Comme s'il était à nous pour toujours. Elle prononça cette phrase comme en passant. Déjà ailleurs par la pensée. Je compris que cela n'aurait aucun sens de lui rappeler qu'elle s'était débarrassée du réveil une bonne année plus tôt sous prétexte qu'il sonnait trop fort. Qu'il aille réveiller quelqu'un d'autre ! C'est sur ces mots qu'elle l'avait jeté à la poubelle.

Un dernier chargement de plastique. Je sortis. Des boîtes de conserve vides. Des batteries. Un miroir brisé dans lequel mon visage était une grimace horriblement déformée. Je plongeai la main dans l'un des sacs que l'on avait déposés devant l'entrée et en sortis une pierre. L'empreinte d'un insecte dans la pierre. Je la glissai dans la poche de mon pantalon, et passai le doigt à sa surface. Elle était froide et lisse, comme un de ces galets qu'on prend dans la main pour la décontracter. Derrière son masque, l'un des ouvriers gémit : Ça suffit pour aujourd'hui.

73

La maison fut rasée. Son gros œuvre ne valait rien, disait-on, et le conserver n'avait pas de sens. Sur le chemin du lycée, je vis que l'on bloquait les rues tout autour, et en rentrant à la maison j'aperçus une pelleteuse qui abattait le dernier mur. Le sol tremblait sous mes pieds. Quelques jours plus tard, là où je m'étais jadis tenu pour sonner à la porte, il n'y avait plus qu'un terrain nivelé, et plus tard encore on y avait construit un nouvel édifice. Une famille s'installa : le père, la mère et l'enfant. De braves gens, disait-on, peut-être un peu trop chics. À quoi le voit-on ? Notre vieille Nissan à côté de leur neuve. On ne parlait pratiquement plus des Miyajima. D'après tout ce que l'on savait, et l'on ne savait pas grand-chose, on ne voulait pas savoir grand-chose, ils étaient partis, criblés de dettes, pour l'un des bas quartiers de la ville, et cela n'aurait étonné personne de les apercevoir sous une bâche de tente bleue dans l'un des parcs de S. Mieux, on aurait même été heureux de dire qu'on les y avait vus. On aurait ressenti un frisson bienfaisant. Pouvoir dire : Ils sont au fond, tout au fond. Et parce qu'on ne voulait pas se priver de ce frisson, ou du moins d'une once de ce frisson, on disait, sans le savoir vraiment : Ça ne fait aucun doute. Même s'ils ne le sont pas encore pour l'instant. Un jour ou l'autre, ils seront au fond, tout au fond. Il fallut que les Fujita, un pâté de maisons plus loin, soient confrontés à des problèmes de dépendance au jeu et à des difficultés conjugales pour que l'on cessât de parler des Miyajima.

Et la suite ?

Pas de suite. Je veux dire : c'était comme c'était, et je devais m'en accommoder. J'eus dix-sept ans. Puis dix-huit. La pression s'accrut. J'y aurais résisté. En serrant les dents, et en pensant : C'est cela, devenir adulte. Surmonter les choses telles qu'elles sont, et considérer qu'on les a surmontées même lorsqu'on ne s'en remet pas. Oublier. Cela aussi. Oublier, encore et encore. S'il n'y avait pas eu Kumamoto, j'y serais arrivé. Mais il avait les yeux de Yukiko. Le même regard : je me dissous.

C'est…

J'achevai la phrase à sa place :

… une décision.

Non. Il secoua la tête. Du moins pas une décision que tu aies prise en te fondant sur un choix. Je le vois maintenant. Dans ce café. Il désigna la droite, puis la gauche. Nous ne sommes pas libres, tous autant que nous sommes. Seulement cela ne nous ôte rien de notre responsabilité. Le fait qu'en dépit de notre absence de liberté, nous prenions en permanence des décisions dont nous devons assumer les conséquences. Et que, dès lors, nous sommes encore moins libres à chaque décision que nous prenons.

Bien qu'elle fût lourde, cette pensée nous facilita la tâche lorsqu'il fallut quitter nos sièges et évoluer à l'extérieur, dans la rue. La pluie avait faibli et n'était plus qu'une bruine.

On se revoit demain ? demandai-je.

Quoi qu'il arrive.

74

En ville on ne voit pas d'étoiles. C'est l'aura de la cité, trop vive, qui illumine le ciel, pas le contraire, et au lieu de la Lyre on voit tout au plus un avion glisser à une proximité dangereuse des maisons.

Qu'avais-je abandonné ?

J'avais cessé de n'être qu'une image, j'étais désormais quelque chose qui dissimulait autre chose en soi. L'image d'une jeune fille. Une oreille posée contre le tronc. J'avais demandé au moine du temple de ne pas enlever les fils rouges. Il avait accepté, sans connaître mon histoire. Vraiment singulier. C'est tout ce qu'il en avait dit. De temps en temps, j'étais passé m'asseoir sous l'arbre. Mais les fils avaient fini par perdre leur couleur et tomber des branches, sauf deux. Vraiment singulier, avait répété le moine, exactement sur le même ton, lorsque les deux derniers étaient tombés à leur tour : la vie.

Le pin tordu existe encore. J'ai passé cette nuit-là sous son toit, le col relevé. Que ses aiguilles me tombent dessus ne me dérangeait pas. Au contraire, je trouvais consolant d'être ainsi à leur merci, les doigts engourdis, à la merci des heures obscures. Mes parents m'attendraient sans doute, ils guetteraient le bruit de mes pas dans le couloir, ils se demanderaient où je suis, ils décrocheraient peut-être le téléphone et composeraient le 110, ils auraient soudain honte et raccrocheraient. Comment dénoncer un fantôme ? Comment expliquer la disparition d'un garçon qui a déjà disparu ? Comment décrire le fait qu'il nous manque, bien qu'il soit absent depuis longtemps ? Et pourtant, dès que le matin se levait, je ne souhaitais rien plus ardemment que ceci : que l'on me cherche et que l'on me trouve. Que l'on me prenne par les épaules, que l'on me gifle et que l'on me demande : Comment a-t-il été possible que nous soyons passés les uns à côté des autres à ce point-là ? Et que l'on me prenne dans les bras pour me dire : Recommençons à zéro.

75

À en juger par l'angle du soleil, il était un peu plus de huit heures. Pendant la nuit, les nuages s'étaient déplacés vers l'ouest. Alors seulement je remarquai que j'avais oublié mon parapluie au café. Il était la preuve de ce qui s'était passé la veille. Si je ne l'avais pas laissé là-bas, je me serais demandé si tout cela n'avait pas été un rêve. Mais comme cela, je le savais : cette sensation de sécheresse dans la bouche venait d'avoir beaucoup parlé, l'odeur pas très fraîche dans les cheveux était due à la fumée de cigarette. Les deux étaient liés. Tout comme je l'étais à lui. Lorsque je me levai et me tapai sur les jambes pour faire tomber la terre humide, je me dis : Et si, aujourd'hui, il se jetait sous les roues du train. J'aurais la certitude qu'il m'emporterait avec lui dans la mort, sur les rails ronronnants. Les rayures de sa cravate, obliques, devant les yeux, je me mis en route.

Bonjour.

Il me dépassa.

Mal dormi ?

Je le suivis. Nos pas en harmonie. De temps en temps il s'arrêtait. Cherchait quelque chose. Trouvait. Reprenait lentement son chemin, une cigarette au coin de la bouche. S'arrêtait. Repartait. Si lentement qu'à un moment nous ne marchions plus mais, deux flâneurs parmi les gens pressés, avancions lentement, dans l'oisiveté. Dans une vitrine je vis nos silhouettes, tombées hors du battement du monde. C'est toujours après la pluie que la lumière est le plus claire. Il me parla par-dessus son épaule. Le parc était là. Nous regagnâmes notre banc. Une bonne chose d'être de nouveau là. Il étendit les jambes.

76

Tu crois qu'il y a une vie après ?

La question vint à la hâte.

Je veux dire : Yukiko. Hier soir, j'étais déjà couché, je me suis demandé si elle allait se réincarner. Disons, au Mexique.

Elle aurait deux ou trois ans aujourd'hui. Elle parle déjà. L'espagnol. Elle apprend vite. À peine lui dit-on un mot qu'elle le répète en ânonnant. Elle a deux frères. Jorge et Fernando. On peut les voir jouer. Les deux aînés veillent à ce que leur sœur n'avale pas une pièce du jeu de construction. Eux aussi ont connu une nouvelle naissance. Je veux dire : l'idée que Yukiko pourrait désormais, avec tout le savoir qui est désormais en elle, se trouver dans une maison à Puebla, dans une chambre, dans un corps qui s'appelle Isabella, l'idée qu'elle pourrait, tandis qu'ils empilent une pièce après l'autre, avoir déjà été ici un jour. Elle connaît le soleil qui, à travers les jalousies, tombe sur ses mains qui jouent. Elle connaît l'appel de sa mère. C'est une reconnaissance. C'est avec cette idée que je me suis endormi. L'idée que nous, qui avons vécu une nouvelle naissance, sommes ici pour reconnaître quelque chose. Une idée enivrante. Tu ne crois pas ? Tu pourrais la rencontrer. Un jour. Au Mexique. Ou ailleurs. Dans un instant jeté hors du temps comme un coup de dés, sa manche touche la tienne et ce serait trop dommage de manquer ce moment unique. Une perte que rien ne compensera. Et autre chose encore : cela pourrait être la même chose pour nous. Je veux dire, aujourd'hui, sur le quai de la gare, entouré par un si grand nombre de personnes, je me suis demandé si l'une d'entre elles ne me manquerait pas si elle était absente, et puis : si moi aussi je ne lui manquerais pas si je n'étais pas là. Si nous n'étions pas tous là, d'une certaine manière, pour être en contact les uns avec les autres. Lorsque le train a fini par arriver et que j'ai vu passer mon reflet dans ses fenêtres et les visages endormis derrière elles, ça n'était pas une question, je me rendais plutôt à la raison : nous sommes forcément, chacun de nous, parents les uns des autres.

77

Si je pouvais choisir. Il dessina, du bout de sa chaussure, un cercle dans le gravier. Il y aurait deux personnes que je rencontrerais volontiers de nouveau. Tu permets ? Un raclement de gorge, il se gratta la tête. Deux personnes dont j'aimerais bien qu'elles m'effleurent en passant.

La première est mon maître. Mon maître Watanabe-*Sensei*. Je l'appelais simplement le maître. Lorsque j'avais dix ans, mes parents s'étaient mis en tête de me faire prendre des cours de piano. Ils espéraient qu'on découvrirait en moi un talent caché. Fiché dans ma chemise et mon pantalon, une cravate grotesque, douloureusement grotesque autour du cou, car je portais déjà ce genre de choses à l'époque, ils me firent monter chez le maître, dans l'espoir qu'à mon retour je serais devenu un génie. Je dis bien « monter ». Car la maison du maître se trouvait un peu à l'écart, sur une colline, et il fallait monter une route non carrossable, en traversant une forêt épaisse. Le maître vivait là, au-dessus de la ville et de ses émanations, avec sa femme aux poumons malades. En bas, chez les gens, on disait que l'air plus pur lui ferait du bien. C'était une grande maison. Quand on y entrait, on avait l'impression qu'elle allait nous aspirer.

Selon l'heure de la journée, la lumière tombait tantôt par cette fenêtre-ci, tantôt par celle-là. Quelle que fût l'heure, la maison du maître en était inondée.

Mais il y avait encore autre chose. Une odeur aigrelette. Comme dans un hôpital. Je me rappelle. Le maître riait : C'est cette odeur qui vient quand quelqu'un est en train de mourir. Il désigna une porte à demi ouverte. Ma femme, rire mugissant, elle est à l'agonie. Cela me glaça jusqu'aux os. Le temps est précieux, poursuivit-il en riant. Maintenant, fais-nous voir ce que tu sais faire. Je montai et descendis mes gammes sans plaisir. Le maître, fixant sévèrement mes mains : Qu'est-que c'est que ça ? Tu joues comme si tu n'avais pas de vie en toi ! Même un mort a plus de sentiment que toi ! Il se remit à rire. Je me dis : Quel sans-cœur. Cet homme est en pierre. Comment est-il possible qu'il rie tandis que là-bas, sa femme. Il parle de sentiment et lui-même n'en a pas une once. Je pensai cela avec un mépris naturel et même évident, qui ne se mettait pas lui-même en question.

78

Une fois, on avait sonné, et pendant que le maître se dirigeait vers l'entrée, j'avais, assis au piano, écrasé une mouche entre mes mains. J'étais en train de la démembrer, en commençant par ses petites pattes, lorsque, de retour, il poussa derrière moi un cri exprimant une telle douleur que je crus qu'il s'était grièvement blessé. Il me poussa du tabouret. Referma le couvercle du piano. Cria : Qu'est-ce qui te prend, demi-portion, de tuer un animal innocent dans ma maison ? Je me tenais devant lui, raide comme une canne. Effrayé par son visage déchiré. Je sentis germer en moi une fureur contre cet homme qui, tout en criant, faisait les cent pas dans la pièce et me reprochait une vétille. Il reprit son souffle, et je profitai de cette pause. Les lèvres tremblant de rage, je dis : C'est pourtant bien vous qui riez lorsque votre épouse tousse de l'autre côté. Silence inquiétant. Il s'était gelé en plein mouvement. Me regarda au bout du compte après ce qui me sembla être une éternité. Se défit d'une rigidité qui me parut sans fin. Fit un pas dans ma direction. S'arrêta. Dit à voix basse, très basse : C'est exactement pour cette raison que tu ne deviendras pas un pianiste. Tu n'entends rien. Tu n'as pas d'oreille. Tu n'entends que ce qui est audible au-dessus, et pas ce qui se trouve en dessous. Ramasse tes affaires. Le cours est terminé. Dis à tes parents que tu es l'élève le moins doué que j'aie jamais eu. Vouloir t'apprendre ce qu'est la musique est du gaspillage. Celui qui, dans un rire, n'entend rien d'autre qu'un rire, celui-là est sourd, je le dis, plus sourd encore que sourd. Je ris pour elle. Tu entends ? Il se mit à rire. Je ris parce que je sais qu'elle aime que je rie. J'y mets de la tristesse. Tu entends ? Il se remit à rire. Elle doit savoir que je suis triste qu'elle parte. J'y mets de la gratitude. Tu entends ? Il ne s'arrachait plus à son rire. J'y mets tout ce que je ressens pour elle. Elle le sait. Elle l'entend. Mon rire doit l'accompagner. Il s'était effondré par terre, en riant. Moi, allant vers lui, toute colère déjà oubliée. Et je vis alors qu'il pleurait. Ses joues baignées de larmes, il pleurait et riait, les deux à la fois.

79

Le maître avait eu raison. Je ne suis pas devenu pianiste. Et pourtant je suis resté son élève, une année durant. Je passais la plupart des cours à l'écouter. Mozart. Bach. Schumann. Chopin. Entre-temps, je devais décrire ce que j'avais entendu, et comment. Je développais, comme il disait, une oreille sensible. Son mot préféré : *kanjou.* Sentiment. Il l'utilisait presque dans chaque phrase.

Peu avant la mort de sa femme – on entendait à quel point elle allait mal –, je lui demandai de me jouer une valse. Mais au moment précis où il allait commencer nous parvint depuis la chambre, de derrière la porte entrouverte, une toux effroyablement épuisée, et dont l'épuisement n'exprimait presque plus rien. Le maître, les épaules affaissées, posa les doigts sur les touches et se mit à jouer, lentement, au rythme de la toux. Il ne la recouvrit pas. Il jouait avec elle. Il jouait comme sa femme toussait. On n'a pas enregistré ce moment, hélas. Quoique. Je ne sais même pas s'il est possible d'enregistrer une façon de jouer comme celle-là. Lorsqu'il eut terminé, il dit : S'il existe quelque chose que tu puisses apprendre, c'est seulement que tu ne dois pas avoir honte. N'aie pas honte d'être un homme doté de sentiment. Quoi que ce soit, ressens-le profondément et avec ferveur. Ressens-le encore avec un peu plus de ferveur, ressens-le encore avec un peu plus de profondeur. Ressens-le pour toi. Ressens-le pour l'autre. Et ensuite, laisse-le aller.

Sa femme, je ne l'ai vue qu'aux funérailles. Vêtue d'un kimono blanc, la tête tournée vers le nord, elle était couchée dans un cercueil couvert de lys odorants. Lui devant. Sans rire, sans pleurs. Au tout dernier rang, quelqu'un chuchota : Quel sans-cœur. Cet homme est en pierre. Mais moi, je savais ce qu'il en était : dans sa mine immobile, où le seul mouvement était celui qu'imprimait son souffle, je lus qu'il portait l'ouïe à l'intérieur de son propre silence et qu'il s'y unissait au silence de son épouse défunte. On aurait dit qu'il épiait son départ, qu'il suivait le bruit de son pas s'éloignant sans bruit.

80

Avez-vous revu le maître par la suite ? Je réprimai le tremblement de ma voix.

Oui, je lui ai encore rendu visite à quelques reprises. Mes parents, cependant, étaient déçus qu'il ne m'ait rien appris de plus qu'écouter. Ils estimaient qu'il les avait trompés sur mon talent caché et regrettaient encore, des années plus tard, de m'avoir fait monter jusque chez lui. L'enseignant, telle était leur opinion, avait anéanti en moi, pour le restant de mes jours, toute ombre de goût pour les muses. Et ils s'en tinrent là. Ils furent presque soulagés lorsque, peu après la mort de sa femme, il mourut à son tour, presque soulagés de pouvoir enfin enterrer leur espoir.

En tout cas, la maison sur la colline est toujours debout. J'y suis allé un jour avec Kyōko. Par la fenêtre condamnée avec des planches clouées, nous avons pu distinguer le piano, et dessus une partition, empoussiérée. La porte donnant sur la chambre de la femme était grande ouverte, mais nous n'apercevions pas beaucoup plus, par les fentes, qu'un lit étroit. Nous nous sommes assis sur l'une des marches qui donnaient sur le jardin et nous avons longuement écouté le bruit du vent dans les arbres. Je l'entends jouer, a dit Kyōko en désignant les branches qui se courbaient. Son doigt dans le ciel : Je les entends tous, ceux qui sont en haut et qui jouent.

Quoi qu'il en soit.

La raison pour laquelle j'aimerais rencontrer de nouveau l'enseignant, c'est que je souhaiterais lui avouer que j'étais un mauvais élève. Je suis désolé, voilà ce que j'aimerais lui dire. Je suis désolé que vous ayez perdu votre temps avec moi.

Du bout de sa chaussure, il redessina le cercle dans le gravier, y posa les pieds et les en retira. Il avait dénoué sa cravate : Autrement, je n'arrive pas à respirer.

81

En y réfléchissant bien. Il hésita. En vérité, je préférerais que la mort soit une fin. Une coupure propre. Sans rien qui suive. On entre dans un vide. Plus de personne, plus d'histoire. Parfaitement délivré. Ou alors comment ça se passe ? Sa voix comme du papier froissé. Il faut que tu saches. Je ne t'ai pas dit toute la vérité. Son souffle s'aplatit. Quand tu m'as demandé si nous avions des enfants. Kyōko et moi. Nous avons. Nous avons eu un fils. Il s'appelait. S'appelle Tsuyoshi. Il ôta la cravate de son cou, la jeta d'un geste hâtif sur le dossier du banc, respira plus librement, poursuivit. Sa voix comme du papier froissé que l'on déplie soigneusement et qu'on lisse autant que faire se peut : Tsuyoshi. Le fort.

Nous parlons rarement de lui. Et quand c'est le cas, c'est Kyōko, pas moi. En boule sur le canapé, un chat, elle enfonce son visage dans un coussin et parle dedans. Toujours la même chose : Tu te rappelles ? Je l'appelais le ver luisant. Son sourire si lumineux. Et : Tu te rappelles ? Le pull-over bleu que j'avais tricoté pour lui. Comme je l'ai défait, maille après maille. Et : Tu te rappelles ? Le petit lapin en tissu à la tête de son lit. Les petites joues rouges quand il dormait. Et : Tu te rappelles ? Cette ressemblance. C'est toujours la même chose. Elle parle de choses que je ne peux pas me rappeler. De bulles de savon et d'aigrettes de pissenlit. La seule chose dont je me souvienne, c'est la gêne, vague brûlante, la gêne causée par un indifférent quand on m'a dit : Votre fils est handicapé. Il ne sera jamais comme les autres. Le sentiment, pas un sentiment : il y a confusion. Cet enfant n'est pas le mien, mais celui d'un autre. C'est une erreur, cet enfant-là, je le rejette.

82

Bonnes nouvelles ! Kyōko avait couru à ma rencontre.

Le plus beau, dans le travail…

… c'est de rentrer chez soi. Elle me tira par le bras, me fit traverser le couloir et entrer dans le séjour. Notre maison. C'est elle qui l'avait aménagée, juste après que nous l'avions achetée, elle avait arpenté les pièces et pris les mesures. Le canapé irait ici, la télévision là-bas. Les boules à neige et les horloges à carillon sur la commode. La ballerine qui dansait sur la desserte. Sur ce mur, on accrocherait la femme nue aux jambes dans le sable, sur cet autre le matelot aux yeux dans l'ombre. Notre chez-nous. Ce sont tous ces meubles, ces objets et ces photos. Mais avant tout : les livres de Kyōko. Une fois par an, elle annonce qu'il nous faut une nouvelle étagère.

Devine. Elle m'avait attiré près d'elle sur le canapé. Je fis l'idiot. Il y avait sûrement du chou et du paprika ce jour-là au repas. Elle rit. Ma main sur son ventre. Ah ça y est je sais ! Des fraises et des pêches ! Son ventre, secoué par le rire. J'entendis le bonheur à l'intérieur. Attente. Un peu d'angoisse. Et encore du bonheur. Chut, chut, finis-je par dire, tu vas le réveiller. Elle, chuchotant à présent : Nous serons bientôt une famille. Le mot était moelleux et fondait dans ma bouche. Une famille, répétai-je, et je fondis pratiquement en même temps que le mot : Une f-a-m-i-l-l-e.

83

J'avais une image de l'enfant qui, inachevé, pas encore arrivé, encore anonyme, se développait au milieu de nous. J'avais l'image d'un être humain qui allait venir au monde, y grandir, le rendre meilleur d'une certaine manière. C'était une image typique. Typique dans ses particularités. Mon enfant, notre enfant, serait à sa hauteur, ça ne faisait aucun doute. Il lui correspondrait, il irait peut-être même au-delà, au-delà de ses limites, il surpasserait l'image qu'on avait de lui. D'une manière ou d'une autre, ce serait le prolongement de ce que j'avais entamé, et avant moi, mes pères. Je portai cette image sous ma poitrine neuf mois durant, comme Kyōko l'enfant. Et même *Kei-chan*, la petite Kei, ne pouvait pas entamer ma foi sur ce point-là.

Il était tard dans la nuit lorsque, quelques jours avant l'accouchement, j'entendis Kyōko avancer à tâtons dans la maison. Je la trouvai, ventre rond, devant le placard de la chambre d'enfant, avec autour d'elle de petits bonnets, de petits gilets, de petites chaussettes aux couleurs vives.

Tu n'arrives pas à dormir ? Je m'approchai d'elle.

Non. Elle se détourna. La lune dans le dos. J'ai rêvé. Elle parlait comme si elle rêvait encore. J'ai rêvé de Kei-chan.

Qui est Kei-chan ?

La petite fille à la tache de feu. On se racontait que son visage était à moitié recouvert, du front jusqu'à la nuque, d'une tache rouge, rouge comme le feu. On se le racontait discrètement. Ses parents, sachant sans doute qu'on parlait d'elle, la gardaient cachée toute la journée. C'est à la tombée du soir, seulement, qu'ils la faisaient sortir avec eux. Son père, disait-on, la portait sur les épaules et lui montrait les rues dans lesquelles nous jouions. Sa mère courait à leur côté en chantant. C'est ce qu'on se racontait à voix basse. Qu'ils se promenaient tous les trois dans la nuit et évitaient la lumière des réverbères. Et que, lorsqu'on venait à leur rencontre, ils se cachaient dans les fourrés, se serraient contre un mur ou s'en allaient à grands pas en rentrant la tête. Lorsque nous vivions encore dans le voisinage – j'avais sept ans, peut-être huit, je passais assez souvent devant leur maison. Fenêtres aveugles, parfois les rideaux bougeaient. Je m'imaginais que Kei-chan m'avait fait signe. Quelle solitude doit être la sienne ? me demandais-je. J'aurais aimé avoir le courage de lui faire signe à mon tour. Curieux. Rêver d'elle après toutes ces années. Cela fait longtemps déjà que je n'avais plus pensé à elle. Dans le rêve, c'est elle qui me demandait : Quelle solitude doit être la tienne ? Je disais : Une grande solitude. Sans toi je suis dans une grande solitude.

Juste un rêve. Tu as rêvé. Je m'assis sur le sol froid à côté de Kyōko et pliai l'un des petits gilets, pas plus grand que ma main.

N'est-ce pas ? Kyōko fut soudain parfaitement éveillée. Nous aimerions aussi notre enfant s'il…

Quelle absurdité ! Je ne la laissai pas finir sa phrase.

Et, quand nous fûmes au lit : C'est un garçon. Le médecin m'a dit que c'est un garçon.

Moi, dormant déjà à moitié : Il s'appellera Tsuyoshi.

84

On dit que l'accouchement, je n'y ai pas assisté, s'est déroulé simplement. J'ai acheté des fleurs sur le chemin de l'hôpital. La douceur de leur parfum se mêlait dans mes narines à l'odeur aigrelette que je connaissais pour l'avoir respirée dans la maison du maître. Je pensais à lui tandis que je montais en courant les marches de l'escalier, une mélodie aux lèvres, et que j'ouvrais les portes une à une. Je pensais à lui tandis que, passant dans des couloirs, devant les chambres, les lits, et d'innombrables étiquettes nominatives, je lus enfin Ōhara Kyōko et sentis dès mon entrée que ma vie avait pris un tournant décisif. C'était un sentiment de vainqueur. D'un seul coup il devint celui d'un vaincu. On ne veut pas me l'apporter. La première phrase de Kyōko après que je fus entré. Je ne sais pas pourquoi. Mais on ne veut pas me l'apporter. Quelque chose ne va pas. Je ne sais pas pourquoi. Sa main enserra la mienne. Tetsu, s'il te plaît. Je veux qu'on me l'apporte. Même s'il n'a pas d'yeux ni de bouche. Aucune importance. Il faut que je le voie. Les fleurs, fanées d'une certaine façon, mortes d'une certaine façon, quelque chose se durcit en moi. Je me dégageai de l'emprise de Kyōko, sa main retomba sur la couverture. Qu'est-ce que tu racontes ? Tout va comme il faut. J'ai une photo. Tu m'entends ? J'ai des milliers de photos. Je le criai : Des milliers ! Tu entends ? Des milliers ! Nous jouons au base-ball ensemble, Tsuyoshi et moi, lui est le lanceur, moi le receveur. Tu lui couds un uniforme, noir et orange, comme celui des Giants. Il s'intéresse à l'histoire. Non. À la géographie. Je lui achète un globe, et du bout des doigts nous faisons le tour du monde. Nous nous tapons dessus. Pour rire, ça va de soi. Nous nous bagarrons comme dans les films que nous regardons ensemble la nuit, quand tu dors déjà. Il est plus fort que moi. Il a un poing puissant. De son poing il me frappe au ventre et je me dis : Il deviendra un homme fort. Il étudie la médecine. Non. L'ingénierie. Non. L'économie. C'est le meilleur de sa promotion et je suis fier de lui. Je ne le dis pas. Mais je suis fier. Je le conteste. Je suis tellement fier que je le conteste. Ma fierté est telle que je fais comme si ce n'était rien du tout : qu'il soit le meilleur non seulement de sa promotion, mais le meilleur fils en général, le meilleur homme que j'aie jamais rencontré de toute ma vie.

Le médecin.

Menton rasé.

De petits yeux derrière d'épais verres de lunettes.

Il n'y a aucun doute. Nous l'avons constaté. Votre fils est handicapé. Une anomalie cardiaque, de surcroît. Non, ça ne peut pas se corriger. Ça n'est pas le genre de choses qu'on corrige. Vous devez comprendre. Ce genre de choses demeure. Demeurera. On ne peut pas s'en débarrasser par une opération. Vous me comprenez ? Ōhara-san ? Il est important que vous le compreniez. Votre fils ne sera jamais comme les autres.

Je ne comprenais pas un mot de ce qu'il disait. Lorsqu'il me demanda si j'étais prêt à le voir, à présent, je fis non de la tête et sortis sans dire au revoir. Je crois que j'avais peur qu'il puisse me ressembler.

85

Une semaine plus tard ils sont arrivés à la maison. Eux, c'étaient Kyōko et Tsuyoshi. Pour ma part je ne me comptais plus dans le lot. Le mot « famille » qui me faisait fondre autrefois s'était solidifié dans ma bouche en une masse visqueuse. Je le mâchais, il m'étranglait. Son goût me donnait la nausée. Je me tenais dans l'entrée, une main devant la bouche, et je ne pouvais pas trouver la force d'aller chez eux, de l'autre côté, dans la chambre d'enfant.

Tsuyoshi ne criait pas. Sous ma poitrine j'avais eu l'image d'un bébé qui criait. L'image d'une mère qui le calmait en le berçant. L'image de moi-même qui baissais les yeux vers eux, un doux sourire aux lèvres. Tout va bien, avais-je voulu lui dire, tout va bien, et j'avais voulu leur caresser le dos, à lui, et le bras, à elle. Mais dans ces conditions, je me tenais à l'écart. Le silence me le permettait. Au cours de ces journées, notre maison fut silencieuse. Tous les bruits y paraissaient amortis, étouffés par le silence. À peine tenables. J'avais envie d'entendre un bruit assourdissant. Une porte qui craquerait, une paroi de verre qui se désintégrerait, n'importe quel bruit, pourvu qu'il fût l'équivalent de ce que je m'étais imaginé comme un cri de bébé. La nostalgie me poussait au loin. Je me levais plus tôt que nécessaire, quittais la maison plus tôt que nécessaire, étais installé à ma place, au bureau, plus tôt que nécessaire. Ma chaise rotative couinait, la machine à écrire crépitait. Je faisais des heures supplémentaires pour deux. Au bord du *karōshi**, du surmenage. Ensuite j'allais boire dans un bar karaoké, je balbutiais des chansons sur la tristesse et la beauté, le micro tout près de la bouche. Je sortais en titubant. Passais devant les coins les plus bruyants. Je m'accrochais, et rien n'allait changer sur ce point, à un être qui n'était jamais né.

86

Mais Kyōko, en revanche !

Elle se levait comme se lève un astre. Je la voyais, se levant, devenir de plus en plus belle chaque jour. Ce drôle d'éclat dans les yeux d'une mère, lorsqu'elle se penche sur le lit de son enfant, totalement livrée à chacun de ses mouvements, même si petits qu'on les remarque à peine. Regarde, il attrape déjà, dirait-elle. Regarde donc, il sourit. Regarde donc, il a tes yeux. Tu ne trouves pas ? Les yeux de papa, lui dit-elle, comme je ne répondais pas : tu as les yeux de papa. Moi, dans l'entrée, je sentais ma jalousie. Je lui enviais la faculté

* Surmenage qui conduit à la mort.

qu'elle avait, contre toute raison, pensais-je, contre tout bon sens, de regarder cet enfant silencieux, silencieux, comme le nôtre, de l'accepter tel qu'il était, et de ne pas mentionner d'un seul mot sa déficience. Plus encore : de n'être consciente d'aucune déficience en lui. Elle voyait pourtant bien, forcément, que c'était une erreur. Pure simulation, me disais-je, et j'en étais certain. Oui, certainement, elle se raconte des histoires. Quant à moi, j'avais raconté à mes collègues que notre fils était venu au monde en parfaite santé. Dix doigts aux mains, dix doigts aux pieds. On m'avait félicité, on avait applaudi. Je me rappelle le bruit des mains qui ne voulaient pas arrêter de battre. Et je me rappelle que, trente secondes durant, j'ai ressenti quelque chose comme du bonheur.

Nos parents vinrent nous rendre visite. Ceux de Kyōko. Les miens. Après le coup d'œil obligatoire dans la chambre d'enfant, on se retrouvait autour d'un thé et de petits gâteaux et l'on parlait de la hausse des prix, du typhon dans le Sud et de la liaison entre un comédien et une chanteuse. C'était une conversation forcée, constamment interrompue, relancée dans le seul effort de ne pas, si possible, la faire dévier sur Tsuyoshi. J'allai dans le jardin fumer une cigarette. Chaleur moite et écrasante, l'orage ne tarderait pas. Ma mère m'avait suivi. Je l'entendis, derrière moi, renifler dans un mouchoir. Pauvre fils, dit-elle. C'est de moi qu'elle parlait. On ne sait pas comment ce genre de choses arrive. Les Matsumoto. Peut-être. Okada-san nous a caché quelque chose. Nous aurions dû enquêter plus en profondeur. En tout cas ça ne tient pas à nous. Elle chuchotait. Je la laissai faire. J'entendis la consolation dans son chuchotement : C'est Kyōko.

C'est elle, sans aucun doute. Elle était si mal dégrossie à l'époque, on aurait pu le deviner à ce manque de manières. Ça suffit. Je prononçai ces mots à voix basse, sans élever le ton : Ça suffit.

87

Tu le tiens ? Kyōko me le posa dans les bras. Il faut que j'aille voir si l'eau. Et déjà elle était dans la cuisine. Moi, seul avec Tsuyoshi, la première et la dernière fois. Son poids me surprit. Tout comme la chaleur de son corps. Dans mon idée, il était léger et froid, comme quelque chose que l'on ne peut pas attraper : une brise. À peine arrivé, déjà parti. Il me regardait fixement, ses poings tendus vers le haut. Je lui tenais la tête. Cheveux soyeux. Petit nez aplati. Bouche ouverte. Dis, toi. Crie donc. Un petit peu. Tu ne peux pas crier une fois pour moi ? Les bébés font cela. Ils crient toute la journée. C'est à devenir fou, leur braillement. Mais toi. Pourquoi ne cries-tu pas ? Je lui pinçai les joues. Fort d'abord, puis plus fort, tellement fort que j'en eus mal aux doigts. Son cri fut un râle, je le reposai, effrayé. Ce n'était pas le râle d'un bébé, seule une personne très âgée produit un râle pareil. M'en débarrasser, en vitesse. J'ai besoin d'air. Lorsque Kyōko revint, j'étais déjà à l'extérieur, sous l'érable, et j'allumais une cigarette. Aujourd'hui, je me dis : si j'étais resté assis, encore un moment, et si j'avais attendu qu'il me sourie. J'aurais découvert que son handicap était peu de chose par rapport au mien. Que ce qui était devenu dur en moi m'empêchait de sentir, profondément et intimement, la tendresse de ses joues. De nous deux, c'est moi qui souffrais de la plus grande anomalie au cœur.

Kyōko ne me fit pas de reproches. Elle connaissait mes sentiments inexprimés, et avait sans doute peur, en même temps, que je puisse les exprimer. Tous les gens qui étaient venus pour nous présenter leurs félicitations. Elle les appelait, en plaisantant, douloureusement, les porteurs de condoléances. Ils venaient exprimer leurs regrets. Quel dommage qu'il ne soit pas en bonne santé. Mais quelle malchance, aussi. N'aurait-on pas pu empêcher cela. Kyōko avait sans doute peur d'entendre de ma bouche les mêmes regrets désemparés. Comme s'il était mort. L'indignation lui soulevait la poitrine. Au lieu de le faire contre moi, elle se mettait en colère contre les gens.

88

Une fois, c'était l'idée de Kyōko, nous fûmes invités à la Maison du Soleil. C'était une maison dans laquelle des parents comme nous ayant des enfants comme Tsuyoshi se retrouvaient pour échanger. Pour en être. Ce fut soudain une idée oppressante. Faire partie d'un groupe. Je me dessinai un sourire, le posai sur mes lèvres, le portai, un écriteau où l'on pouvait lire : Merci de ne pas toucher. Je me cachai derrière. Pendant le tour de table, je dis en souriant : Je me réjouis de pouvoir être ici. Cinq enfants, comptai-je. Neuf pères et mères. Il en manquait un. Moi. On me souhaita tout de même la bienvenue : Tout le plaisir est pour nous.

Tsuyoshi était le plus jeune. Cinq mois. Les autres enfants avaient trois, six et dix ans, l'un d'eux en avait seize. J'étais étonné. L'adolescent – je crois qu'il s'appelait Yōji – était justement en train de peindre un tableau. Il était assis, énervé, faisant de petits bonds de temps en temps, un pastel à l'huile dans la main, il lançait des regards dérobés dans notre direction, se penchait de nouveau sur la feuille de papier. À côté de lui, Miki, dix ans, expliquait que, lorsqu'elle serait grande, elle voulait construire des maisons. Son père, lui tenant les épaules avec fierté : C'est-à-dire architecte. Ma fille deviendra architecte. Quel fou, me dis-je. Mon sourire, toujours en place. Celle de trois ans se fraya à quatre pattes un passage entre mes jambes. Tāchan, viens ici ! Sa mère l'attira avec un canard en plastique. On discutait, on trébuchait sur les jouets qui jonchaient le sol. Une poupée aux membres retournés était posée sur un nounours sans yeux. Akiko, six ans, la frappait violemment.

*Ojisan**.

Je tressaillis. Une main rouge, rouge comme le feu, m'avait donné une bourrade.

C'était Yōji. Il avait du mal à parler. Il expulsait péniblement chaque mot de sa bouche comme s'il venait de l'apprendre : J'ai peint un tableau. Ici. S'il vous plaît. C'est vous. Il me mit une feuille de papier sous le nez.

* Mon oncle.

Je vis un visage. Anguleux. La bouche était un trait, ses extrémités tirées vers le bas. Les yeux, deux trous, des éclairs en sortaient. Pas d'oreilles, mais des cornes. Le visage d'un démon. Le père de Yōji s'excusa : Il ne vous a pas fait très ressemblant. Puis, à l'enfant : Tu peux mieux faire. Tu le vois bien, *Ojisan* sourit. Yōji sourit et retourna à sa place.

89

Lui aussi soupira. Dire que ce garçon a vu l'intérieur de mon âme. Et pas seulement lui. Il s'essuya la sueur du front avec sa manche. Cette chaleur. Le gazon se dessèche. De toutes les saisons, c'est l'été que j'aime le moins. Petite toux mate. Nous étions dans le parc. Je remarquai qu'il n'avait pas placé sa serviette de cuir entre nous, comme d'habitude. Je remarquai que cela ne me dérangeait pas. Notre banc était un banc de salle d'attente. Ensemble, nous attendions quelque chose qui ne se produirait pas.

Tsuyoshi !

Un cri.

Il résonne entre les parois de notre maison silencieuse.

Je me précipite dans la chambre d'amis. C'est Kyōko. Elle crie. Au-dessus du lit de l'enfant. Elle le soulève. Sa tête tombe lourdement sur le côté. Il ne respire pas. Il est froid. Viens vite. Dépêche-toi. À l'hôpital. Une légère odeur aigrelette. Je pense au maître. Le moteur en marche.

La voiture, un cri qui roule. Dans le rétroviseur, je vois le visage de Kyōko décomposé à force de crier. Tsuyoshi est plus bas, sur ses genoux. Je ne le vois pas. Tetsu, je t'en prie. Roule plus vite. Pour l'amour du ciel. Roule aussi vite que tu le peux. Et cet instant, brutal, où elle cesse de crier. Où elle chuchote au contraire : Il ne respire pas. Il est mort. La lueur bleue d'un feu de signalisation sur le visage de Kyōko. Roule lentement. Encore plus lentement. Tu dois rouler lentement. Je veux le garder auprès de moi aussi longtemps que possible. Je lève le pied. Je freine. Je sens de nouveau, je l'admets, revenir cette gêne, une vague chaude. Qui est mort ? Je ne le connais pas. Derrière nous on klaxonne. Quelqu'un crie une injure. Un sentiment, pas de sentiment : ce n'est pas à moi qu'il s'adresse. Je ne suis pas celui auquel on s'adresse quand on nous dit : Nous sommes désolés, on ne peut rien faire.

90

C'est absurde, je sais. Mais j'aimerais vraiment, vraiment beaucoup, pouvoir dire que je compris le jour même quelle perte je venais de subir. Que je reconnus la perte de mon fils. Que je reconnus la perte que représentait le fait de ne l'avoir pas appelé une seule fois par son nom, le nom que je lui avais donné. Tsuyoshi. Le fort. C'est ainsi que je me l'étais représenté. Fort comme un poing qui me frappait au ventre, comme dans les films que je n'avais pas regardés en sa compagnie. Mais c'est plus tard, des années plus tard, que je compris qui et ce que j'avais perdu avec lui, et lorsque je l'eus compris, ce fut une double perte. L'ouverture d'une cicatrice. On plonge la main dedans et l'on comprend qu'on ne pourra pas faire arranger ça. Qu'il n'y a rien là-dedans qui puisse être arrangé.

Nous rentrâmes chez nous à deux. Un hochet était posé sur le plancher de l'entrée. Kyōko se baissa, le ramassa. Je dis, j'énonçai : C'est peut-être mieux ainsi. Kyōko se tourna vers moi, en agitant le hochet. Les yeux écarquillés : C'est mieux pour qui ? Pour toi, peut-être ? Elle me laissa planté avec cette question, elle était dans la chambre d'enfant, elle avait verrouillé la porte derrière elle. Je guettai un signe, n'entendis que le tic-tac de la montre à mon poignet. Au bout d'une heure, je renonçai, m'installai devant la télévision et montai le volume.

91

Des années plus tard.

Kyōko, un chat, en boule sur le canapé, parlait dans l'un des coussins. Toujours la même chose : Tu te rappelles ? Ce soir-là au mois d'août. Quand tu as dit : C'est peut-être mieux ainsi. De toute ma vie, je n'ai jamais ressenti une telle hostilité que ce jour-là, contre toi, lorsque tu as prononcé ces mots. Dans ton costume. Ta cravate avait glissé. Des taches noires à tes aisselles. J'étais assise près du lit de Tsuyoshi et j'éprouvais à ton égard l'hostilité la plus vive. Pendant six mois, j'avais lutté pour ne pas la ressentir, quand tu revenais ivre à la maison, quand, dans ton ivresse, tu te plaignais que ta vie soit une impasse. Mais à présent elle m'emplissait. Enfin. Elle était le triste désir de le rejoindre, de l'autre côté. Aimable mort. Je la souhaitais. Au cœur de l'hostilité, elle me faisait l'effet d'un ami qui me recevrait cordialement, m'accueillerait amicalement dans son cœur. Nuit bienheureuse. Je voulais compter les petits moutons jusqu'à ce que le dernier eût franchi la clôture. Mais voilà. Qu'est-ce que tu imagines ? Qu'est-ce qui m'en a dissuadée ? Écoute-moi bien ! La simple idée que je devais me lever à six heures et préparer ton bento. Absurde. N'est-ce pas ? Pour ce qui concerne l'absurdité, il n'y a pas mieux. L'idée que tu avais besoin de moi. Moi qui, un jour, aujourd'hui, te dirais : Je te démasque, toi et ton incapacité à décider. À travers toute ton incapacité, je vois un être humain qui souffre. C'est cette pensée qui m'a sauvée. D'un seul coup, je t'ai vu partir pour le travail et revenir, et d'un seul coup je t'ai vu rouler un rocher, et je le roulais avec toi. Toujours la même chose. Nous nous roulons l'un l'autre sur la pente ascendante et raide d'un sentier de montagne abrupt.

92

Trois boulettes de riz. Tempura. Une salade d'algues.

Si Tsuyoshi était encore en vie, il aurait trente et un ans à présent. Un bon âge. Il détacha les baguettes. Un âge depuis lequel on a une bonne vue sur le passé et sur le futur. Tu aimes ?

Je hochai la tête.

Tiens, prends une des boulettes. Ça te plaît ?

Oui. C'est la meilleure boulette de riz que j'aie jamais mangée.

Il éclata de rire, s'essuya les yeux du revers de la main. Une larme invisible. J'aurais souhaité rester assis comme cela avec lui et manger le bento de Kyōko. Je veux dire : comme ça, avec toi. Tu ne trouves pas ? Il désigna un côté, puis l'autre, avec les bâtonnets. D'une certaine manière, ils sont tous ici, dans le parc. L'homme, là-bas, avec la jeune femme au bras. C'est Hashimoto. La vieille, qui marche avec sa canne et qui avance en boitant derrière eux : sa femme. L'homme avec le livre, de l'autre côté, le crayon à la bouche, c'est Kumamoto. À l'ombre de l'arbre, tirant sa jupe sur ses genoux : Yukiko. Celui qui est assis près de la fontaine et nourrit les pigeons, ça pourrait être le maître. Tous ici. Sous ce ciel. Il suffit de regarder.

Si c'est comme ça, voulus-je dire, je serais bien votre fils. Mais je ne le dis pas. Au lieu de cela, je lui demandai un service. Il y aurait quelque chose, commençai-je.

Qu'est-ce que c'est ?

Il y aurait quelque chose que vous pourriez faire pour moi.

Eh bien, dis-le donc.

S'il vous plaît, dites à votre femme, dès ce soir, que vous avez perdu votre travail. Dès ce soir. Vous le lui devez. Après tout ce qui s'est passé, après tout ce qui ne s'est pas passé.

Je te promets que je le ferai. Et toi, promets-moi que dès ce soir tu te couperas les cheveux. Pendant assez longtemps je ne te l'ai pas dit, mais tu as une allure effrayante avec cette tignasse.

Je ris en même temps que lui : Eh bien, c'est d'accord.

Lundi nous ne nous reconnaîtrons pas.

Vous viendrez ?

Oui, bien entendu.

Et ensuite ?

Un recommencement.

93

Cet après-midi-là, c'est moi qui m'endormis. Je m'endormis et je rêvai : j'étais dans ma chambre. De la sueur froide sur les mains. J'étais allongé sur mon lit, un cadavre. Je tentais de toutes mes forces de bouger. J'entendis alors la voix de papa : Rien à faire. Ce garçon est mort. Je voulus crier : Non, je suis en vie ! Mais je n'avais pas de bouche. Au-dessus de moi un miroir. J'y vis que je n'avais ni bouche ni yeux. Avec les yeux que je n'avais pas, je vis que mon visage était une paroi blanche. La voix de maman : C'est dommage pour lui. Il n'a jamais trouvé son visage. À cet instant les rideaux s'ouvrirent. La fenêtre laissa passer une lumière vive. Elle tomba sur la paroi blanche que j'étais, et je vis soudain, dans le miroir, la paroi s'effriter, et avec elle les quatre murs de ma chambre partir en poussière. Un vaste espace tout autour de moi. Quelqu'un me toucha. Je lui courus après. En courant, je retrouvai ma bouche et mes yeux. Une brûlure sur mes joues. Je constatai que je pleurais. Mes larmes étaient des fils rouges qui coulaient en dessous de moi. Je n'ai pas désappris, criai-je, à te pleurer, mon cher enfant.

Lorsque je me réveillai il n'était plus là. À côté de moi, sur le dossier, sa cravate pendait. Je la glissai dans ma poche et palpai le tissu : de la soie chaude. Un recommencement, avait-il dit. Ce mot m'avait fatigué. Je me traînai à travers le parc, vers l'extérieur, traversai le carrefour, passai devant chez les Fujimoto, rentrai chez moi. Mes parents inquiets se tenaient au seuil de la porte. Ah ! tu es là. Dieu soit loué. Nous nous apprêtions. Mais j'étais trop fatigué pour leur rendre autre chose qu'un *Tadaima* – Me voici ! – lancé avec indolence. Les parents, me souhaitant la bienvenue d'une même voix : *Okaerinasai*.

94

Dès ce soir. Nous avions un accord. Je m'y tins. Les ciseaux dans la main droite, je coupai mèche après mèche jusqu'à ce que ma tête fût devenue légère et froide. Une fois coupés, mes cheveux, répandus sur le sol, n'étaient plus les miens, et je me dis que cela devait se passer exactement de la même manière pour lui. Une fois exprimée, le poids de la vérité tomberait de lui et il ne serait plus capable de dire, après coup, pourquoi il l'avait si longtemps ajournée. Il se tiendrait, comme moi, devant le miroir, et se trouverait à la fois étranger et familier. Il penserait à moi et se dirait : Dire la vérité, c'est comme se couper les cheveux.

Mais le familier prédominait encore. La question : Quelle va être la suite ? Notre amitié était le plus grand espace dans lequel je fusse jamais entré. J'avais tapissé ses murs avec les photos de ceux dont nous nous étions parlé, et l'idée que je devrais peut-être quitter cet espace, par une porte dont j'ignorais l'existence, et m'exposer à l'inconnu, cette idée me cernait dangereusement. J'en étais presque à espérer qu'il repousserait encore l'heure de ses aveux, se présenterait le lundi suivant et me ferait comprendre sans un mot qu'il avait échoué. C'était un espoir piteux. Je le repoussai. Je passai tout le week-end à le renvoyer dans son coin. Le dimanche soir, il n'était plus que le faible souhait d'avoir encore une fois l'opportunité de lui dire que j'aimerais être son fils.

95

Neuf heures. C'était certainement lui. Chemise à manches courtes, motif hawaïen. Il se dirigea vers moi, le visage étrangement rajeuni. Non, illusion, ce n'était pas lui. Mais celui de derrière. Les épaules penchant vers l'avant. Une démarche oblique, comme s'il voulait éviter quelqu'un. Oui, c'était lui. Et puis : non. Et de nouveau : oui. Et puis : finalement, non. Et : pas lui non plus. Comment était-ce possible ? Il lui était sûrement arrivé quelque chose. Un retard. Sûrement. Il serait là d'un instant à l'autre. La silhouette près des buissons. Était-ce un homme ? Une femme ? Ou un enfant ? Et si c'était lui, pourquoi ? J'attendais. Aux aguets. C'était certainement un malentendu. Tant de gens qui allaient et venaient. Jusqu'alors je ne les avais pas remarqués. Quelque chose lui était-il arrivé ? À chaque confusion sur la personne j'inventais une explication à son absence. Une fois c'était une migraine, puis la mort d'un lointain parent, une grippe estivale, quelqu'un avait eu besoin de son aide en urgence. La cravate entre l'index et le majeur, j'attendais, et je ne savais déjà plus tout à fait qui.

Pause-déjeuner. Dans le parc on déballait les bentos. On était assis, dispersé, en petits groupes, et l'on mangeait, on buvait, on papotait. Je pensais à Kyōko et me demandais si, ce jour-là aussi, par habitude, elle s'était levée à six heures. Ou bien si elle était restée couchée, si elle se trouvait toujours au lit, si elle lui avait demandé de ne pas s'en aller. Si elle connaissait mon existence. Et si, dans le cas où il lui était arrivé quelque chose, elle viendrait ici pour me donner des nouvelles. La femme, là, devant, ça pouvait être elle. J'avais l'impression qu'elle cherchait quelqu'un. Je suis là, faillis-je crier, mais je vis qu'elle avait trouvé et qu'ils repartaient bras dessus, bras dessous. J'eus tout d'un coup honte de m'être attribué une telle importance. Je relevai mon col. Qui étais-je pour croire que Kyōko devait forcément me chercher ? Qui étais-je pour croire qu'elle devait considérer qu'elle avait une obligation à mon égard ? Je la suivis des yeux lorsqu'elle s'éclipsa derrière l'un des arbres. Le salaryman qui avançait à son côté avait, en marchant, posé, très doucement, la main sur sa nuque.

96

Et puis cela revint. Le sentiment de n'être personne, et moins que personne : le sentiment d'être un rien. C'était une sensation d'impuissance. Elle me ligotait et me disait : Allez, cours maintenant ! J'essayais, je me jetais d'un côté et de l'autre, je n'avançais pas de plus d'un millimètre. Je tremblais sous l'effort que m'avait coûté le fait d'aller si loin. Après la mort de Yukiko, il y avait eu ce tremblement, une démangeaison permanente un peu en dessous de la peau, qui m'avait rappelé, de l'intérieur et vers l'extérieur, que malgré toutes mes tentatives d'être normal, malgré tous les combats que j'avais livrés dans ce but, j'étais, pour cette raison même, différent d'une certaine manière.

Je le dissimulai autant que je le pus. On ne devait pas voir que je le cachais. Et lorsqu'il était impossible de le camoufler, alors j'étais le premier à en rire, à le souligner, et à dire : Comme c'est bizarre ! Le plus souvent je gardais les mains dans les poches. Chaque fois que l'on m'appelait par mon nom, elles se mettaient à trembler. Avais-je été pris sur le fait ? Avait-on découvert mon jeu ? Moi qui faisais comme si je n'avais rien vu, je mettais le plus grand soin à ne pas être vu. Et qui est plus invisible que celui qui s'adapte ? Les mains dans les poches de mon pantalon, je prétendais être quelqu'un, une personne dotée d'un visage dépourvu de mystère. C'est de cette pression-là que j'avais voulu parler. Pas des devoirs sur table ni des notes. La pression consistait à faire oublier le fait que je n'avais pas de visage. À me battre pour être crédible. La première pièce dans laquelle je m'étais retiré n'était pas ma chambre dans la maison de mes parents, mais, bien avant cela, mon front luisant. Quand il était question de Yukiko – les enseignants évoquaient parfois son histoire pour sa valeur didactique –, j'enfouissais les mains encore plus profondément et, sifflotant nonchalamment, j'allais aux toilettes où je m'enfermais et attendais quelques minutes, jusqu'à ce que le tremblement se fût un peu calmé. Taguchi, on frappait à la porte, qu'est-ce que tu fais là-dedans ? Moi : Tu sais bien. Ah bon ! Un gloussement entendu. Mais bon sang, il t'en faut du temps. Je sortais, sourire lisse.

À la maison j'évitais de manger à la même table que mes parents, sous leurs yeux, cuiller et fourchette tremblantes. En fait, ils ne remarquèrent très probablement pas du tout que je m'étais approprié certaines tactiques pour repousser ce tremblement sous mon épiderme et l'y tenir dissimulé jusqu'à ce que, une fois seul, je le laisse ressortir à la surface, comme un soulagement. Je mangeais de plus en plus souvent dans ma chambre. Ni mon père ni ma mère ne m'en demandaient les motifs. On sait ce que c'est, disaient-ils, à cet âge-là tout le monde a des difficultés. S'ils m'avaient posé la question, je n'aurais pas pu leur donner une meilleure réponse. La compréhension qu'ils manifestaient pour l'ingratitude de mon âge était la meilleure excuse que je puisse leur présenter : Excusez-moi, je vous prie, mais je n'ai pas envie d'être assis avec vous. Excusez-moi, je vous prie, mais je n'ai aucune envie de vous expliquer pourquoi. Regard tremblant. De tous les êtres humains, j'étais celui par lequel j'avais le moins envie d'être vu.

97

Mais je me voyais.

J'étais à côté et je me voyais.

Caméra vacillante.

Je vis l'impossible, la tentative de ruser avec moi-même. Il était normal d'avoir regardé ailleurs, me dis-je. N'avoir pas entendu l'appel étouffé de Yukiko, aide-moi je t'en prie, était la chose la plus normale du monde. Avoir passé mon chemin au moment où son regard s'était posé dans le mien, s'y était fixé et avait soudain compris : il ne m'aidera pas. De lui, on ne peut attendre aucune aide. Cette déception, lorsque son regard se décrocha du mien, parce que j'avais passé mon chemin et m'étais arrêté en haletant deux rues plus loin – j'entendis un claquement mou, comme si quelque chose de très raffiné avait été écrasé, déchiré, broyé par quelque chose de très grossier. Et qui ne le ferait pas ? S'enfuir ensuite encore plus rapidement ? Qui n'aurait pas fait la même chose ? C'est ce dont je tentais de me persuader, et je voyais combien je me croyais, combien je voulais absolument me croire, combien cette croyance me tranquillisait, et combien ce calme était illusoire. Oublie Yukiko. Tu l'as déjà oubliée une fois. Je me vis me donner l'impression de l'avoir oubliée. Elle était le point noir sur une surface blanche. Quand on réussit à ne pas le voir suffisamment longtemps, il cesse d'exister. La réalité est une variable, le simple substitut d'une dimension transformable. On arrive à la redresser. Ça n'est pas un crime. Ça n'est un crime qu'ensuite, si l'on prend la réalité redressée pour plus réelle que la réalité tout court, et qu'on la défend en tant que telle, en toute connaissance de cause.

Si seulement j'avais pleuré, ne fût-ce qu'une fois. Je me voyais ne pas pleurer. Serrer la mâchoire. Déglutir. Casser quelque chose. Vite. Briser le miroir, là. Et encore une fois. Rentrer dedans avec le poing. Une douleur bienfaisante qui masque la véritable, celle qui n'est pas là. Celle qu'on se force à ne pas sentir. Balayer les éclats. Et à la poubelle. Savoir, en toute connaissance de cause, que ce non-pleur est un pleur. Et pourtant on ne pleure pas. On serre la mâchoire. On déglutit.

Il y en avait d'autres comme moi. Facile de les reconnaître. Difficile de me reconnaître en eux. Je les reconnaissais à leur démarche fuyante. Aux taches rouges sur le cou lorsqu'on leur adressait la parole. À leur gaieté exagérée. À l'affichage crispé d'une normalité dont ils se dissociaient par cet affichage même. Je les trouvais repoussants. Tous. Dans leur transparence, ils me faisaient l'effet de dilettantes qui me menaçaient, moi et ma lutte pour la crédibilité. Une erreur de leur part, et il me faudrait produire d'encore plus grands efforts pour conserver mon faux visage. Ce qui nous liait les uns aux autres était en même temps ce qui nous séparait.

Chacun d'entre nous jouait dans sa coquille. À la moindre secousse nous rentrions la tête.

98

Pour mon dix-septième anniversaire, papa proposa de partir à la mer avec moi. Aujourd'hui nous allons à la mer, dit-il. Juste toi et moi, père et fils. C'était sa manière de proposer quelque chose. Dans la voiture nous écoutâmes de vieilles chansons, des *enkas.* Le saké et les femmes, disait l'une d'entre elles, il n'y avait rien de plus beau. Papa chantait en même temps, tandis que je regardais par la fenêtre sans dire un mot. J'avais l'impression que nous ne bougions pas d'un pouce. Ce qui bougeait, c'étaient les maisons, les rizières, les nuages, pas nous. La lune blême. Un rayon de bleu en dessous. Il se rapprochait. La mer.

Papa, la chemise gonflée comme une voile, ouvrait la marche. J'avançais derrière lui, le pas lourd, le long de la plage. Le fracas des vagues. Une mouette luttait contre le vent. Deux rochers. C'est là que nous fîmes une halte. Voilà un bout de temps que nous n'avons pas été assis comme ça ensemble. C'est la première fois, répondis-je. Toussotement gêné. Bon, quoi qu'il en soit. Ça fait du bien d'être comme ça ensemble. Nous le ferons plus souvent. Comme ça, ensemble. Il ôta ses chaussures, ses chaussettes, enfonça les pieds dans le sable. On fait ça trop rarement. Il riait. Je le reconnus à sa voix ténue. J'aurais voulu le tirer par la manche. Lui dire : Tu n'es pas forcé. De te cacher devant moi. Ta tristesse. Tu n'es pas forcé de la chasser en riant. Il toussota une fois de plus, enfonça les orteils encore plus profondément. Tu sais, devenir adulte, ça n'est pas si mal que ça. Je veux dire, tu as un objectif, un clair, et tu donnes le meilleur de toi-même pour l'atteindre. Tu le gardes à l'œil, tu avances vers lui pas après pas. Tu peux bien trébucher, tu te relèves. Mais à la fin tu l'auras atteint. L'objectif. Tu te retourneras et tu verras jusqu'où tu es allé. Des traces de pas dans le sable. Et tu seras heureux. Tout le désespoir du chemin sera tombé de toi. Tu comprends ? Oui ? J'acquiesçai. As-tu jamais été désespéré ? La question m'avait glissé des lèvres. Qui ? Moi ? Il s'arrêta, les pieds enfoncés jusqu'aux chevilles. Non, qu'est-ce qui te fait dire ça ? Je dis ça juste en général. Ce que je veux dire. Tu ne dois pas te laisser détourner du chemin. Une légère bourrade à l'épaule. C'est bien de parler comme ça ensemble. Papa se tapota les pieds pour en enlever le sable, remit ses chaussettes, ses chaussures. Nous continuâmes. Coquillages brisés, pierre projetées. À l'horizon, un bateau. Il fit demi-tour, revint à son point de départ.

99

C'était étrange. Mais découvrir que mon père cachait lui aussi quelque chose, découvrir que lui aussi, empli de ce tremblement, l'avait refoulé sous sa peau, me consola. Au moins un certain temps. C'était simplement comme il l'avait dit : il fallait avoir un objectif. Il fallait donner le meilleur de soi-même. Il fallait l'atteindre. Être heureux à un moment donné. Un petit bond y suffira. Passer de l'autre côté, du côté sûr, avec ceux qui ne réfléchissent pas trop, qui ne réfléchissent pas au mal que cela fait d'avoir non seulement trahi l'autre, mais, en même temps que lui, de s'être trahi soi-même. Je voulais y aller, je pris mon élan, j'étais encore dans ma course. J'aurais sauté si Kumamoto, un coureur de relais, ne m'avait pas passé au dernier moment le témoin de la véracité. Admets-le. Était-ce cela, son appel ? Admets enfin que tu souffres de la même maladie. Mon oui était la porte qui se referma derrière moi. Le désespoir de papa. Il arrivait trop tard. Lorsqu'il s'était précipité dans ma chambre et avait levé la main sur moi, rien ne pouvait plus m'atteindre depuis longtemps. Il le vit, j'en suis sûr. En vérité, c'est lui qui avait reculé devant moi. Il avait volontairement frappé à côté.

Le ciel blafard du soir.

Le parc commença à se vider. Tout autour l'éclairage public se mettait en marche. Une minute encore. Il allait peut-être arriver maintenant. Au moment précis où je me lèverais. Happy ! Reste ici ! Une laisse tendue. Un museau chaud de chien contre mon cou. Happy ! Arrête ça ! Happy ! Viens ici ! Happy ! Sois gentil. Le shiba n'obéissait pas. Il n'arrêtait pas de me bondir dessus et de me lécher le visage. Langue rugueuse. Il gémissait. Je le poussai sur le côté et me levai. Happy ! Ça suffit ! Je l'entendis aboyer bien après que j'eus quitté notre banc.

100

Une semaine s'écoula ainsi. À neuf heures, j'étais là. Je le vis apparaître et fus forcé de l'admettre : ça n'était pas lui. Je le confondis avec un lycéen, une *career woman* qui fumait, une ombre qui dansait. J'inventai des maux de ventre, la visite, inattendue, d'un vieil ami, une excursion dans les montagnes, une idée qui lui serait venue d'un seul coup. Lorsque ma liste de justifications s'épuisa, la saison des pluies débutait.

MILES TO GO.

Dans le coin se trouvait le parapluie que j'avais oublié. Il ne me prouvait rien. Aucune voix ne m'entortillait. Je commençai à douter pour de bon que nous nous fussions rencontrés Je me demandais, était-ce possible, si je ne l'avais pas inventé, tout comme les nombreux motifs de son absence. Seule la cravate était un gage certain. Je la touchai et sus qu'il existait. Un picotement sur le cuir chevelu. Mes cheveux repoussaient. Au café, par contre, le temps s'était arrêté. La même musique. *To want a love that can't be true*. J'ai parfois envie de m'allonger sur le sol et de l'imprégner de mes larmes. Non, ce genre de choses ne s'invente pas, ce genre de choses est authentique. Je m'enfonçai et commandai un coca. Il va arriver tout de suite. Les yeux fermés, je tentai de me rappeler son visage. Mais les contours avaient perdu de leur acuité. Comme pour Yukiko et Kumamoto, ce que j'avais gardé était plutôt une certaine expression. Une grâce triste. Chez lui, c'était une lassitude triste. Lorsque j'ouvris les yeux, je constatai que les gens, moi compris, étaient solidement enfermés dans cette même lassitude, et nous semblions tous attendre quelqu'un qui nous en libérerait. Enfer froid dans lequel nous demeurions. De temps en temps tombait une phrase : On devrait faire quelque chose.

Il fallut six semaines de plus, et d'innombrables remarques que je lui adressai, à lui qui ne venait pas, avant que j'y trouve une réponse.

101

Sa carte de visite. Je l'avais apprise par cœur. L'adresse en tête, je pris la décision d'aller le voir chez lui, à son domicile, et je ne réfléchis pas plus loin que le moment où j'appuierais sur le bouton de la sonnette, ding-dong, et guetterais un bruit derrière la porte. La première véritable décision depuis que je l'avais salué d'un hochement de tête. Je l'avais prise la veille, au matin. Je m'étais réveillé. Devant moi, la fissure dans le mur. Si seulement on était assez fou pour faire tout autrement. Pour s'évader, juste une fois. Kyōko. Je sentis que c'était aussi de moi qu'elle avait parlé. Je m'habillai à la hâte. À chaque mouvement ma décision devenait plus ferme. Je guetterais un bruit, et ensuite. Ne pas réfléchir à la manière dont ça se passera. Ça se passera. Je me faufilai à l'extérieur. La cravate dans la poche de ma veste. Je la touchais à tous les coins de rue devant lesquels je passais. Elle me tirait vers l'avant. Me poussait dans la foule. J'achetai un billet. Je n'avais pas oublié comment faire. Je franchis le portillon. Dans le métro. Son univers, jour après jour, la main accrochée à la poignée. Je me tenais un peu de travers, les épaules penchées en avant, je ramais à contre-courant. Alors que tout le monde allait dans la ville, moi, j'en sortais. Je voyais les choses qu'il avait forcément vues. Les panneaux indicateurs. Les affiches. Les poubelles. Pleines à craquer. Mon regard, inondé, qui n'était plus seulement le mien au moment où il effleurait, où il était effleuré. Tant de gens, tellement ensemble. Je montai dans le train. Les chaussures paternelles partout. Je me répétai l'adresse. Sept semaines ont passé. La durée d'un deuil. Pourquoi cela me vient-il à l'esprit maintenant ? Et je descendis. Voilà le quai sur lequel il s'était tenu, le quai sur lequel il s'était demandé s'il ne manquerait pas à quelqu'un s'il n'était pas là. Personne. Je ralentis le pas. Que devais-je dire si la porte s'ouvrait ? Mon espoir de le revoir derrière la porte n'était-il pas semblable à celui de mes parents, tout au début, lorsqu'ils pensaient que j'allais sortir et leur dire : Tout va bien ? Je montai dans le bus. Il partit. À côté de moi, sur la banquette, un livre abandonné. Une preuve. Destinée à qui ? Le chauffeur me cria : C'est là que tu dois descendre. Une bouffée d'air chaud, dans ma direction, j'étais arrivé. Une brève marche à pied encore. Et puis.

102

Mi-mi-mi. Le pleur des cigales. J'en attrapai une et la relâchai. Je traversai une ville en sommeil, un quartier résidentiel endormi. Des chemises blanches aux cordes à linge, chaque maison semblable à l'autre. Jardins desséchés, format mouchoir de poche. Palmiers en pots. Femmes et bébés. Les enfants étaient à l'école, les hommes au travail. De l'autre côté ! Les racines noueuses. De l'asphalte éclaté tout autour. Le portillon du jardin. Je levai les yeux. Une fenêtre était ouverte. Rideau battant au vent. Je sonnai. La porte allait s'ouvrir d'un instant à l'autre. Les pots de fleurs de Kyōko. Le gant. Je sonnai encore une fois. De la maison d'à côté provenait une discrète musique de piano interrompue par le tintement de la vaisselle. Il allait être midi. Je m'assis sur le perron. Je sentis : c'est donc comme cela. Quand la porte reste fermée. C'est donc comme cela. Quand on reste à l'extérieur et qu'on attend en vain un bruit humain. Le soleil me piquait. Je clignais des yeux.

Bonjour ? Une voix claire, une voix de femme. Elle remontait la rue.

Clignant toujours des yeux, je tentai de distinguer sa silhouette. Elle venait vers moi. Je bondis sur mes jambes. Ōhara-san ?

Oui, c'est moi. Et toi, tu es ? Taguchi Hiro ? Un ami de mon mari ? Pardonne-moi. Il ne m'a jamais.

Je sortis la cravate.

Ou alors, peut-être ? Elle ouvrit le portillon du jardin, me pria d'entrer. Elle avait attrapé la cravate, d'un mouvement avide de la main. Deux marches d'un seul pas. Lorsque j'enlevai mes chaussures dans l'entrée, je vis celles de son mari, soigneusement rangées. À côté, la serviette. Sa veste était accrochée à la patère. L'odeur douce-amère des bâtonnets d'encens.

103

Je suivis Kyōko dans le couloir et le salon. Aucun hochet par terre. Le silence régnait. Tandis qu'elle faisait chauffer l'eau du thé à la cuisine, je regardais autour de moi, assis sur le canapé, un coussin dans le dos. À la maison. Devant moi, le téléviseur. À sa gauche, la commode. Dessus, les boules à neige et les carillons. La ballerine tournait sur elle-même, dressée sur sa jambe d'appui. Aux murs étaient accrochés la femme nue – son corps : une pelote – et le matelot, une fille sous les yeux, de la fumée qui montait. Des fleurs en tissu rose. Un cygne au cou arrondi. Des figurines en cristal. Un cendrier plein. J'avais un trou à ma chaussette, je rentrai les orteils. Tapis moelleux. Des livres dessus. Empilés. L'étagère était pleine. Il en aurait fallu une autre.

Un peu de *yōkan** avec le thé ? Kyōko nous versa deux petites coupes. Si j'avais su que tu viendrais. Mais voilà. Elle

* Confiserie à base de pâte de haricots rouges.

sourit. Je ne le savais pas. Taguchi Hiro, tu as dit ? Je ne crois pas qu'il m'ait parlé de toi. À moins qu'il ne l'ait fait et que j'aie oublié ? Je me demande souvent, depuis qu'il. Son sourire se décomposa. Je me demande souvent si je l'ai vraiment connu. Une mort si soudaine. Ensuite on se pose toutes sortes de questions. Et me voyant me décomposer en même temps que son sourire : Oui, il est mort. Une crise cardiaque. En rentrant à la maison. Dans le train. Un vendredi. Il y a sept semaines. Hier on a inhumé ses cendres. Si j'avais su. Je t'aurais prévenu. Tout de même. Il faut que tu la. Je veux dire. La cravate. Il la portait le jour où il est mort. Est-ce possible. Tu as été le dernier à lui ? Elle ne me dissimula pas son visage. Pas au moment où je commençai à lui raconter. Pas pendant que je lui racontais. Pas après que j'eus fini de raconter. Je la vis pleurer, puis rire, partir dans ses souvenirs puis revenir, être livide, puis rouge, puis simplement là. Je la vis ne pas lâcher la cravate, la tenir fermement dans ses mains pendant tout ce temps. Je la vis la cajoler. Des doigts. L'intégrer à sa personne. Vouloir fusionner entièrement avec elle. Fusionner pour de bon.

104

Qu'est-ce qui pèse le plus lourd ? demanda Kyōko au bout d'un moment. Le fait qu'il ne m'ait rien dit de sa situation, ou le fait que je l'aie aidé à ne rien en dire ? Tu as bien entendu. Sachant qu'il avait perdu son travail et que la honte l'empêchait de me le dire, je l'ai aidé à rester dans cette honte qui était la sienne. Je voulais lui laisser du temps. Attendre avec lui que. Il avait besoin de cela : de quelqu'un qui attende avec lui. Parfois je faisais un pas dans sa direction. Je parlais d'évasion. De s'adosser dans son fauteuil. De ne rien faire. Ou encore : de son entreprise. De ses supérieurs. De ses collègues. Tout cela pour lui frayer le chemin, le lui éclairer, lui faire comprendre qu'il n'était pas obligé. De se donner tant de mal. Mais lui s'éloignait. Le jeu, car d'abord ce fut un jeu, était en train de m'échapper. L'instant d'avant, il est encore en ton pouvoir d'ouvrir l'acte au cours duquel la pièce va basculer, et puis il ne se passe rien du tout. Tu es devenu une partie du public. L'autre est sur la scène, un one-man-show, le visage sous les projecteurs, un visage esseulé. Tandis que toi, assise au tout dernier rang, dans l'obscurité, incapable d'intervenir, tu vois l'action devenir autonome. Le rideau tombe. Depuis le début, je n'aurais pas dû jouer avec lui. Même si je l'ai fait par amour pour lui, j'aurais dû savoir que ce genre de jeu ne finit pas bien.

Au début, bien entendu, je ne me suis doutée de rien. Il quittait la maison ponctuellement, à sept heures et demie, revenait le soir, fatigué, s'endormait devant le téléviseur. Ce n'était pas inhabituel. Je le couvrais. Et c'est en le couvrant que je l'ai entendu chuchoter mon nom dans son rêve. Kyōko. Soudain, il s'est éveillé. Je dis : soudain. De la même manière qu'un mort, déjà dans son cercueil, se redresse d'un seul coup, les bras pleins de vie, noués autour de moi, dans son enlacement, presque écrasée, son souffle juste près de mon oreille : Pardonne-moi. Je t'en prie. Pardonne-moi. Je cherchai à reprendre mon souffle. Alors, il me lâcha. Il ramena vers l'arrière ses bras redevenus mous et s'endormit de nouveau, plus profondément encore qu'auparavant, la bouche entrouverte. Idiote que je suis, me dis-je, et le lendemain j'appelai l'entreprise. Lorsque j'eus raccroché, je pris conscience de toute la portée de nos décisions : il voulait tenir sa promesse de quotidien, et moi ma promesse de rester auprès de lui au nom de notre quotidien. En cet instant minuscule, au moment où je raccrochai le combiné, je pris conscience de la beauté qu'il y avait dans tout cela, de la beauté plane qui habitait notre tentative de rester fidèles aux décisions que nous avions prises.

105

D'une certaine manière, il a travaillé dur jusqu'au dernier moment. Si tu vois ce que je veux dire. Il n'appréciait pas particulièrement son travail. La seule chose qu'il eût aimée en lui, c'était la routine et la satisfaction qu'il tirait du fait de s'y conformer. L'absence de friction qu'il y avait là-dedans. Même quand, pour le reste, rien ne fonctionnait. Vouloir maintenir cette absence de friction, en dépit de la réalité, a été le travail le plus dur qu'il ait jamais accompli.

J'en prends seulement conscience maintenant. Kyōko se passa la cravate autour du cou. Mais je fais comme lui. Tu vois le cendrier, là ? Tous ces mégots ? Je ne trouve pas la force de les jeter. Le journal ouvert, là-bas. Il le lisait au hasard, dans sa bulle, il feuilletait vers l'avant, vers l'arrière. Je ne parviens pas à m'en débarrasser. Le paquet de gâteaux de riz *senbei* sur la desserte. Ils ont cessé depuis longtemps d'être croustillants. La bouteille de bière qu'il buvait avec. Éventée. Dans le lavabo de la salle de bains, j'ai trouvé l'un de ses cheveux, grisonnant. Je l'ai conservé. Sa brosse à dents. Les poils courbés. Le gant-éponge. Le rasoir électrique. Tout à sa place. On m'a remis ce qu'il portait sur lui. Le bracelet-montre. Les chaussures. La serviette. À l'intérieur, une phrase sur une feuille de papier : Il paraît qu'on ne vit qu'une fois, pourquoi agonise-t-on si souvent ? Il ne manquait que la cravate. Je l'ai cherchée. On appelle ça le deuil. Et je crois que le deuil est aussi la raison pour laquelle il a aussi fait tellement d'efforts pour être une personne qui fonctionne. En conservant tout comme cela a toujours été, il portait le deuil de ce qu'il avait perdu : notre fils, l'amour qu'il avait pour lui. Ce que l'on ne fait pas, ce que l'on néglige de faire, a souvent une conséquence plus douloureuse que ce que l'on fait. Si je l'avais secoué pour le réveiller. Si, juste après avoir appelé l'entreprise, j'avais dit : Je ne suis pas auprès de toi pour notre quotidien, j'y suis pour toi. Et plus encore. Si tu n'avais pas pris aujourd'hui la décision de venir ici, si tu n'avais pas mis ta décision en œuvre, je serais partie demain chercher encore sa cravate, demain j'aurais encore pensé : Je ne l'ai pas connu. Je te remercie pour cela. Kyōko me prit la main et la serra. Je te remercie de l'avoir rencontré.

106

Avant que tu partes. Elle désigna la porte d'en face, de l'autre côté du couloir d'entrée. Là-bas, à l'intérieur, dans la chambre d'enfant, se trouve le petit autel commémoratif, le *butsudan*. Ce serait bien si tu. Trois souffles de pause. Si tu t'y asseyais une fois encore avec lui.

Le franchissement du seuil

Je fermai la porte derrière moi.

Une petite chambre, pas plus grande que la mienne, dix mètres carrés tout au plus. Pas de meubles. Juste l'autel. Devant, un coussin. Je m'y assis. Des fleurs fraîches à droite et à gauche. Sa boîte à bento, enveloppée dans un torchon bleu. Une photo. Tsuyoshi. Une deuxième. Lui. Je piquai trois bâtonnets d'encens, fis tinter la coupe, joignis les mains. Lorsque mes deux paumes entrèrent en contact, il me sembla qu'il n'y avait plus de murs autour de moi. Quelque chose céda en moi. Je fondis en larmes. Cela faisait si longtemps que je n'avais pas pleuré, mes pleurs me parurent être ceux d'un enfant ou d'une personne très âgée. Je pleurais sans retenue, sans précaution. Je le pleurais, lui et tous les autres qui étaient partis. Je pleurais sur Kyōko. Sur mes parents. Sur moi-même. C'est sur nous, qui étions restés, que je pleurais le plus.

Vous m'entendez ? En sanglots. Vous aviez raison. Mon poème d'agonie est déjà terminé depuis longtemps. Mais ce qui reste à écrire, c'est le poème jamais achevé qui, frottement infini de l'encre, plongée infinie du pinceau, glissement infini sur le papier blanc, est le poème de ma vie. Je veux tenter de le rédiger. Sous peu, non, maintenant, je vais essayer. Le premier vers : Je l'appelais Cravate. Je veux écrire : Il m'a appris à regarder avec des yeux sensibles.

107

On dit qu'un maître est immortel. Même après qu'il a quitté son corps, ce qu'il a enseigné continue de vivre dans le cœur de ses élèves. Je ne pus m'empêcher d'y penser lorsque je redescendis la rue pour rentrer chez moi. J'observais d'un regard froid les gens qui, tête baissée sur la poitrine, étaient balancés de part et d'autre, et d'un seul coup mon regard pénétra une strate plus profonde, alla au-delà des os et des organes, encore plus loin, jusqu'au cœur de l'insaisissable qui avait cessé de me faire peur et m'arrachait désormais un étonnement. On aurait dit que les larmes que j'avais versées avaient ôté un voile trouble de mes yeux, et que mon Je ne peux plus ! était devenu une question : Que puis-je faire ?

Taguchi !

Mon prénom m'appelait.

Taguchi Hiro !

Dans la mêlée de la station de métro, quelqu'un m'avait attrapé par l'épaule. Je me retournai.

Kumamoto !

Comment était-ce possible ? Il se tenait devant moi, en

chair et en os. La main blanche : elle était là. Il la tendit dans ma direction. J'y fis claquer la mienne.

Long time no see. Viens, montons. Il boitait. Au café, de l'autre côté ? Il restait une table libre. Quelle chance, dit-il en riant. Bon sang, quelle chance. Avoir encore une table à cette heure-ci. Autour de nous étaient assises des jeunes filles qui gloussaient et consacraient toute leur attention à déterminer si le gloss à lèvres qu'elles avaient acheté leur allait au teint. Deux ou trois *salarymen* étaient là aussi. Ils téléphonaient. Un étudiant mâchait du chewing-gum et l'étirait avec ses doigts avant de le ramener avec sa langue et de le souffler en bulle jusqu'à ce qu'il éclate. Quelle chance, répéta Kumamoto. Je me suis assez souvent imaginé ce que ce serait de croiser ton chemin. J'avais préparé des phrases entières. Au cas où. Trop bête, n'est-ce pas ? Je ne m'en rappelle plus une seule. Tout est parti. Là-haut. Il se tapota les tempes.

Que s'est-il passé, demandai-je. Je croyais que tu étais…

… mort ? Oui, et je l'ai été. En profondeur. Il ne mit pas la main devant sa bouche, il ne baissa pas la voix : Cinq semaines de coma artificiel. Puis je me suis réveillé. Ce fut un réveil lent, un clin d'œil, la couverture qui se lève légèrement, les doigts qui se tendent. Lorsque le souvenir est revenu, goutte à goutte, à mon esprit, j'aurais préféré me rendormir. Inanimé, inconscient. Rester couché, silencieux, tandis que dehors, la vie. Depuis ma fenêtre je voyais les lumières de la ville. Tu étais dans mes pensées, toi aussi. Je te voyais marcher vers moi. Ta confiance en moi et ma gaieté. Je sentais que je ne voulais pas devoir répondre du fait que j'avais abusé de ta confiance. Je le sentais comme la douleur brûlante en dessous de la hanche gauche.

108

Kumamoto avait changé. Il n'y avait plus rien de fébrile dans ses mouvements. Ils avaient plutôt quelque chose de flegmatique. Son corps paraissait boursouflé, il me faisait penser à un cadavre qui a séjourné sous l'eau et qu'un courant puissant a ramené sur la terre ferme. Ce sont les médicaments, dit-il. Il avait étiré sa jambe raide.

Ça fait du bien, dis-je. Du bien de te revoir.

Il acquiesça : Vraiment du bien.

Tu as retrouvé la santé ?

Je ne sais pas. À cet accident, on m'a ordonné d'en parler comme d'un accident, en a succédé un autre, peu après ma sortie de l'hôpital. Le gaz. Notre maison a failli exploser. Je me suis retrouvé en clinique. On m'a donné ces cachets. Je me suis rendormi, on m'a forcé, en douceur, à plonger dans le sommeil. Je n'ai que des souvenirs parcellaires. Il y avait un rayon de soleil qui me chatouillait le nez. Une carafe d'eau. Une branche de cerisier dont les bourgeons s'ouvraient d'un seul coup. Une infirmière. Les cheveux relevés en chignon. Un tableau. Elle ôterait sa barrette, ses cheveux tomberaient en boucles souples dans son dos. Un patient qui n'arrêtait pas de balbutier. Nous l'appelions l'ivrogne. Alors que comme nous tous il ne buvait que de l'eau et du thé. Une fois je lui ai parlé. Il m'a expliqué, en bredouillant, qu'il avait une telle envie de se retrouver en état d'ivresse, sans mémoire, sans passé, allongé dans un coin, en pleine rue, et d'entendre les pas des gens devant lui. Cela le consolerait, dit-il, ce bruit de chaussures qui passaient.

Ou bien Hiroko, la grosse. Elle croyait qu'elle allait se dissoudre dans le néant d'un instant à l'autre. Tu me vois ? demanda-t-elle. Tu vois comme je disparais ? En fait son corps était tellement rebondi qu'on ne pouvait pas imaginer qu'il disparaîtrait un jour. Où sont mes orteils, demandait-elle, mes pieds, mes genoux ? Elle palpait ses jambes avec effroi et criait : Je ne touche que du vide. À la fin, il fallut la nourrir à l'aide d'une sonde, persuadée qu'elle était de ne plus avoir de bouche.

109

Pourquoi est-ce que je raconte cela ? Je pense que la maladie, c'est de s'accrocher à une illusion. La solitude, le temps qu'on s'y accroche. Quand je dis que j'ignore si j'ai retrouvé la santé, je veux dire que j'ignore si c'est seulement possible. Être entièrement libre. Mais : oui. Depuis six mois je vais de nouveau si bien que j'ai pu, peu à peu, reprendre plaisir à l'idée de croiser ton chemin et te dire que cela me rend sincèrement heureux de te revoir. Il y a de la curiosité en moi : Qu'est-ce qui va venir ensuite ? Admirable. Des curiosités de ce genre : Et après ? Le matin, je me lève et, pendant que je me lave le visage, je ressens une joie toute simple à être pris d'une telle curiosité. L'eau est vivante. Elle chasse le sable dans mes yeux, elle me réveille. Tout se passe comme si je devais commencer par m'exercer à être aussi vivant que l'eau.

Pour mes parents, en revanche, c'est terrible. Je le comprends à présent. Qu'il est terrible, pour eux, de voir éclater l'illusion qu'ils avaient de moi. De ne plus pouvoir s'y tenir. Pour papa, notamment, c'est une perte sévère. Il n'aime pas parler de ce qui s'est passé, et quand il le fait, il dit qu'il aurait préféré que je continue d'écrire des poèmes plutôt que de tomber malade. Il jette cela comme ça. Le regard flottant. Et le dirige ailleurs lorsqu'il ajoute : J'aurais aimé, et de loin, que tu aies écrit un long, long poème. J'y entends les excuses. Parce que je veux les entendre, je les entends. C'est un effort de volonté. Je le lui dois. Il lui facilite la tâche. Il ne doit pas perdre la face. L'effort me facilite la tâche. Je peux réinventer ce qui fait que je suis moi. De cette manière chacun de nous est dans son espace, et à un moment donné, qui sait, nous nous retrouverons, nous serons assis dans un lieu qui nous englobera tous les deux et nous comprendrons que nous n'avons jamais été nulle part ailleurs.

110

Est-ce que j'écris encore ? Impensable de ne pas le faire. C'est justement dans la nuit la plus sombre que les mots étaient des gravillons lumineux. La clarté de la lune et des étoiles, ils l'avaient captée et la diffusaient à leur tour. Il y avait parmi eux un mot qui brillait avec une singulière clarté. Le mot de simplicité. Je m'approcherais de lui, d'un pas léger, je le regarderais de tous les côtés, je finirais par le prendre dans la main, sous son charme, je comprendrais que sa magie consiste à briller par lui-même, par sa simple signification. Simplicité. Être simplement là. Supporter cela, simplement. Plus je le supportais, plus il devenait simple de comprendre à quel point il est beau, simplement beau, d'être là.

J'aimerais écrire de la manière dont ce mot brille. J'aimerais écrire sur les choses les plus simples. Sur la manière, par exemple, dont nous nous tenons ici face à face, deux ans et demi après, et nous racontons l'un à l'autre des choses à propos desquelles, normalement, on se tait. Le *matcha latte* que nous buvons est tiède et sucré. Le soir ne va pas tarder à tomber. Le jour glisse dans la nuit avec le soleil. Nous notons que beaucoup de temps s'est écoulé. Ma jambe tendue nous le rappelle. Tu ne me fais pas de reproches. Nous sommes amis, tu te le rappelles : des jumeaux qui se tournent l'un vers l'autre au-dessus de deux verres à demi pleins. Tu m'as manqué. Je t'ai manqué. Aussi simple que cela. La climatisation bourdonne. On converse, on rit. La serveuse court d'un côté et de l'autre, et lorsqu'il lui arrive de s'arrêter un moment, elle essuie son visage las avec son tablier.

111

Et Kumamoto n'avait pas changé.

En dépit de sa démarche posée, en dépit de son corps boursouflé, il était face à moi poète jusqu'au bout des ongles, et avait préservé son honnêteté. Il émanait de lui la force coriace d'un homme qui, descendu au fond de son propre gouffre, dans une épouvantable solitude, l'a arpenté de bout en bout. Et revenu en haut il était le même, hormis qu'il était heureux d'être remonté.

Qu'est-ce que tu en penses ? Je posai les mains à plat sur la table, pour qu'il voie les cicatrices. Penses-tu qu'on ait besoin de nous ? Je veux dire, de gens comme nous, qui dévions du chemin, qui nous sommes retirés. Qui n'avons rien à présenter, pas de diplôme, pas de formation, pas d'expérience, qui n'avons rien appris si ce n'est : cela vaut la peine d'être en vie. Elle me fait peur, l'idée que nous pourrions à présent, puisque nous avons su le faire, continuer d'apprendre à ce que l'on se passe de nous. Nous portons tout de même des stigmates. Nous avons une tare. Que se passera-t-il si on ne nous le pardonne pas ?

Que se passera-t-il si la société…

… ne veut pas nous récupérer ?

J'évite de penser à grande échelle. Quand je pense : la société. Alors je suis totalement dépassé. Trop grand. Qu'est-ce que c est que ça ? Je ne le vois pas. Ce que je vois, ce sont des individus. J'aimerais en rester là. Dans le petit. Et comme chacun porte son stigmate, comme chacun a une tare, chacun a besoin de chacun. Kumamoto posa ses mains près des miennes. Lorsque je t'ai retrouvé, le bout des doigts contre le bout des doigts, ç'a été un instant. D'abord je ne t'ai pas reconnu. Tu es devenu mince. C'est seulement lorsque tu as lâché la poignée, dans la rame qui cahotait, quand tu as été doucement ballotté d'un côté et de l'autre, que je t'ai reconnu à la manière dont, les pieds dans le sol, tu te cabrais pour résister aux chocs. Les portes se sont ouvertes d'un coup. Je me suis levé aussitôt. À ta poursuite. Je ne voulais pas te perdre à nouveau de vue. Tu étais rapide, tu étais déjà près de l'escalier roulant. J'avais du mal à te suivre. Boitillant à ta poursuite, j'ai compris à quel point j'ai besoin de toi. Je suis tenu de te le dire : Je suis désolé. Tenu de t'entendre répondre : Ça va. Tu t'es arrêté un bref instant. J'ai hésité. Submergé par le sentiment de ne pas détenir le moindre droit d'avoir autant besoin de toi. Mais tu étais là, immobile. J'ai tendu la main vers toi, et peut-être, telle est ma réponse à ta question, peut-être est-ce de ce geste, de cette tension de soi vers l'autre, que l'on a le besoin le plus urgent.

As-tu des projets ? demandai-je encore.

Et toi ?

Sortir totalement.

Moi aussi.

112

Ce que j'aimerais encore te demander : À l'époque, avant que tu te, qu'est-ce que tu as crié, au juste ? Tu sais bien. Je venais vers toi. Et tu as crié quelque chose. Pendant tout ce temps, j'ai été certain que c'était un message à mon intention. Quelque chose que je devais écouter. Quelque chose qui m'était destiné. Qu'est-ce que c'était ?

J'avais l'esprit confus.

Tu l'as oublié ?

Je crois, ce n'était rien.

Non ?

À quoi bon répéter ?

Peut-être pour…

Je te le dis : ce n'était rien.

Effectivement, ça ne me regardait en rien. Un appel du passé, dont l'écho avait cessé de retentir. Qu'il s'agît de liberté, de vie ou de bonheur, ça n'avait plus d'importance. Nous prîmes congé d'un simple « au revoir ». On se recroisera, dit Kumamoto. On se, répondis-je, et veille sur toi. Toi aussi. Pour moi. Et sur ces mots il avait disparu derrière un dos plus large. Il allait rentrer chez lui. Chez lui. Soudain je ressentis une grande faim. Je partis en courant, un trou dans l'estomac. La faim me portait.

113

Les chaussures de papa dans l'entrée. Du cuir lustré, on aurait presque pu s'y regarder comme dans un miroir. Mes parents étaient installés pour le dîner. Télévision allumée. Du baseball. Les Giants menaient de trois points. Moi, dans le couloir d'entrée, surpris de ne pas l'être, je vis que la photo que j'avais tout récemment jetée à la poubelle était de nouveau accrochée à sa place. En dessous, un petit morceau de papier fixé avec des punaises : J'ai le négatif. Tu peux enlever la photo autant de fois que tu le veux, je la ferai retirer le même nombre de fois. Maman. Un smiley. La famille se reproduit. Je me tenais de nouveau, la main de papa sur mon épaule, la casquette de travers, devant le Golden Gate Bridge, et j'attendais que le grain de sable franchisse le goulot, se déverse dans la main et… J'attendis encore un peu que l'amertume que cela m'inspirait se fût dissipée. Ou, comme l'aurait dit Kumamoto : parce que je ne voulais pas éprouver d'amertume, je n'en éprouvai pas. C'était un effort de ma volonté. Je me le devais. Il me facilitait la tâche. Sans amertume, je pris le plateau sur le seuil, le bol de riz fumant encore, je fis un pas bien réfléchi, puis un deuxième, j'ouvris d'une main qui ne tremblait pas la porte du salon. Des yeux écarquillés qui me dévisageaient. Un hochement de tête muet. Papa fut le premier à briser le silence. Eh bien, débarrasse la chaise, dit-il à maman. Sur ma chaise, la chaise où je ne m'étais pas assis depuis deux ans, se trouvaient une pile de vieux journaux, la main de la princesse

Kiko-sama qui s'agitait, une pelote de laine rouge, des aiguilles à tricoter. Maman se dépêcha de la libérer. La pelote de laine lui échappa, et roula par terre devant mes pieds. Je l'envoyai à mon tour jusque devant mon père. Un home run. Je m'assis. *Itadakimasu*, je l'accepte humblement.

Un peu plus de riz ?

Maman remplit la coupe. Il te reste un peu de tofu. *Otoyusan*, donne-lui donc le poireau je te prie. En l'espace de quelques secondes, l'ordre de la table fut transformé de fond en comble. Les raviolis et les sauces redisposés de telle sorte qu'ils soient à ma portée. Je mangeai. Le dernier *gyōza*. Les baguettes de papa touchèrent les miennes. Prends-le. Non, toi. Il se frotta le ventre : Je suis rassasié. Nous nous regardâmes. Nous le supportâmes. Une bière, finit-il par dire. Keiko, apporte-nous une bière. Nous allons fêter ça. Tu demandes ce que nous fêtons ? Eh bien, les Giants, évidemment. Le téléviseur diffusait des acclamations surexcitées. La voix du commentateur était devenue stridente. La partie continuait. Maman apporta trois verres et du poulpe séché. *Kampai*, nous trinquâmes. C'est à la fin d'une longue journée que la bière a le meilleur goût, dit maman en riant.

114

Nous étions assis les uns à côté des autres et, nous aidant de ce qui ne nous caractérisait pas, nous nous entendions sur ce qui nous caractérisait. Je pris conscience du fait que papa et maman avaient été, eux aussi, des *hikikomoris*. Eux aussi avaient été enfermés avec moi dans la maison, puisque ma vie était liée à la leur. Pas de promenades à la mer. Pas de week-ends à O., la terre natale de ma mère. Un cinéma de temps en temps, ça, oui. Être assis dans le noir. De temps en temps au restaurant. Avec des amis que l'on n'avait pas vus depuis une éternité. De temps en temps pour quelques heures en voiture. Partir, tout simplement, et imaginer comment ce serait de continuer la route. Jusqu'au bout du monde. Puis s'arrêter et se dire : Il y a quelqu'un qui a besoin de nous. Faire demi-tour. Et rentrer. Régulièrement, à quelques jours d'intervalle, aller chez les Fujimoto et faire ses courses. Petit déjeuner, déjeuner et dîner. Maman n'a jamais laissé passer aucun des repas. Parfois il y avait un tee-shirt avec. Des chaussettes. L'hiver, un pull-over. Beaucoup de lettres que je n'avais pas lues, que j'avais laissées devant la porte sans les avoir ouvertes. Je me demandais à présent de quoi elles avaient bien pu parler. Peut-être du fait que cela les avait rendus heureux de constater qu'il manquait un coca-cola dans le réfrigérateur ou que le carrelage de la salle de bains était mouillé. Mais peut-être aussi du fait que cela les avait rendus très tristes. Peut-être du fait qu'ils avaient honte de moi. Mais peut-être aussi du fait qu'il leur était difficile de comprendre ce qui m'avait conduit à me fermer à eux. Être assis les uns à côté des autres après tout cela et nous entendre, à l'aide de ce qui ne nous caractérisait pas, sur ce qui nous caractérisait : c'était comme une première respiration après la période que nous avions passée sous l'eau tous les trois. La percée à la surface. Nous nous ébrouions encore.

Eh bien voilà. Je m'étais levé. Bonne nuit.

Papa : C'est le meilleur match que j'aie vu depuis longtemps. Il parlait sans lever les yeux, le regard tourné vers l'écran. D'une main, il serrait son verre vide, de l'autre il se tenait au bord de la table. Les jointures blanchies le trahissaient. Une immobilité révélatrice. Un mot de plus, et le verre aurait éclaté dans sa main.

DÉBUT

Remerciements

Je remercie tous ceux qui m'ont assistée pendant l'écriture de ce livre. Leur amitié, contribution vivante qui s'est infiltrée dans l'histoire, n'a pas de prix.

Des remerciements particuliers à mon mari Thomas (je te remercie pour tes paroles, ta patience, ta présence), Ojiichan et Obaachan (je vous remercie pour beaucoup d'étés pleins de bonheur), Michio, Niken, Ayana et Ryuta (je vous remercie pour le fil rouge qui nous relie à des lieues de distance), Satoshi (je te remercie pour les beaux souvenirs que j'ai de toi), Tobias (je te remercie pour ton soutien), Angela (je te remercie pour ton Epile Spitmek), Barbara et Verena (je vous remercie pour votre fidélité du Weinviertel), Kathrin (je te remercie pour nos chants et nos lectures en commun), Lelo (je te remercie pour les cupcakes et la poussière d'étoile).

Et c'est précisément à celui et à celle que je n'ai pas mentionnés que va mon plus grand remerciement.

Réalisation : Nord-Compo à Villeneuve-d'Ascq
Achevé d'imprimer par CPI Firmin-Didot à Mesnil-sur-l'Estrée
Dépôt légal : août 2013. N° 0136 (118041)
Imprimé en France